SAMAMBAIA CANIBAL

TIAGO DE MELO ANDRADE

ILUSTRAÇÕES: AMANDA LOBOS

Samambaia Canibal

— *Um astuciado antropófago-tropicalista* —

Copyright do texto © 2022 by Tiago de Melo Andrade
Copyright das ilustrações © 2022 by Amanda Lobos

Grafia atualizada segundo o Acordo Ortográfico da Língua
Portuguesa de 1990, que entrou em vigor no Brasil em 2009.

Preparação: Milena Varallo
Revisão: Bonie Santos e Luciana Baraldi
Projeto gráfico: Amanda Lobos
Composição: Mauricio Nisi Gonçalves

Dados Internacionais de Catalogação na Publicação (CIP)
(Câmara Brasileira do Livro, SP, Brasil)

Andrade, Tiago de Melo
Samambaia canibal : um astuciado antropófago-
-tropicalista / Tiago de Melo Andrade ; ilustrações Amanda
Lobos. – São Paulo : Escarlate, 2022.

ISBN 978-65-87724-14-0
1. Literatura infantojuvenil I. Lobos, Amanda. II. Título.

22-126166 CDD-028.5

Índices para catálogo sistemático:
1. Literatura infantojuvenil 028.5
2. Literatura juvenil 028.5
Cibele Maria Dias – Bibliotecária – CRB-8/9427

Fuxico
Com medo de virar petisco
de samambaia, as notas
(que deveriam ser de rodapé)
escapuliram lá pro final do livro.

2022

Todos os direitos de publicação desta edição reservados à
SDS EDITORA DE LIVROS LTDA.
Rua Bandeira Paulista, 702, cj. 71D
04532-002 – São Paulo – SP – Brasil
☎ (11) 3707-3500
☑ www.brinquebook.com.br/escarlate
☑ www.companhiadasletras.com.br/brinquebook
☑ blog.brinquebook.com.br
🛦 /brinquebook
🛦 @brinquebook
▶ /Tv Brinque-Book

AGRADECIMENTO

Ao Valner Henrique de Morais, à Geraldinha
e ao Mário de Andrade, minha primeira dentição

PARA

José Romulo de Melo

ADVERTENÇA

*Aqui, qualquer parecença entre nomes de personagens
e nomes da vida real é a mais pura coincidença.*

SUMÁRIO

Morra de inveja, Babilônia — **8**

Que gosto têm as pessoas na sala de jantar? — **18**

Caetano comeu seis estrelas e se tornou marechala — **27**

Endoscopia involuntária tropicália — **39**

Me perdoe, a fome é muita — **45**

O retorno triunfal das árvores para a gloriosa terra de Piratininga — **51**

De como Salustiana, indo ao supermercado, terminou com um bigode de príncipe frívolo de livro gringo de historinha para criança... — **57**

Vai, vai, vai, quebra à esquerda, vai, vai, vai, toda a vida, vai, vai, vai — **64**

A Velha Adormecida na Piratininga das Maravilhas — **71**

Carta-poema às Gentes Lambidas e Devoradas de Piratininga, com incentivo ao Renascimento — **77**

Ressurreição da velha Galadriel por meio do muiraquitã — **80**

Descendo pela toca da chinchila {CAPÍTULO PARALELO} — **83**

Apoteose, o Dia da Alegria — **90**

Notas — **94**

Sobre o livro e o autor — **95**

Sobre a ilustradora — **95**

MORRA DE INVEJA, BABILÔNIA

Se é que vocês ainda não estão sabendo, deixa eu contar um astuciado de cair a folha da goiaba e acabar com o pequi todinho do estado de Goiás. Certa feita, uma menina cuja graça era Manuela, mas que todos chamavam de Manela, recebeu a incumbência de exibir, numa tal feira de ciências, uma amostra de planta pteridófita e explicar, para quem passasse ali, seu mecanismo de reprodução, exibindo o pozinho marrom no verso da folhagem: os minúsculos esporos, o meio que inventou justamente para se reproduzir a pteridófita, a quem o povo chama comumente de samambaia, como já haviam nomeado, muito antes dos cientistas, os indígenas.

É aquela planta que, sabemos, não dá flor nem fruto, se difundindo pelo mundo por meio do forrobodó invisível que, no ar, faz com que os esporos dancem. Espiando sem cuidado, ninguém dá nada, tão pequenino esse jeito de multiplicar. Mas, no último milhão de anos, esse pó fez as samambaias se reproduzirem, perpetuando-as neste mundo, esparramadas por tudo quanto é canto, desde brejos e beira de cachoeiras até junta de azulejo, trinca de muro e fachada de prédio arruinado. Especialmente em localidade transpirada, conservada sempre úmida e, de preferência, quentinho gostoso: aconchego. Estando respeitadas essas condições, pode procurar que se acha samambaia bonita, verdejando.

A samambaia é matéria de se aprender na escola, coisa de relevo, quem é poeta sabe a importância da avenca na janela. Por isso, o professor de ciências e diretor da Escola Presidente Vaaargas, Tom Zé, achou por bem escolher Manuela — que tinha esse bonito nome em homenagem ao poeta Manoel de Barros, aquele com olho especial de ver a importância do mínimo e das coisas miúdas; desde o cago duma garça, a unha do dedão do pé ou o ínfimo cisco rolando no chão — para apresentar a planta. O trabalho da menina haveria de ser muito especial e contar que coisa ínfima é capaz de proeza sem tamanho:

— Quem sabe se você conseguisse tipos diferentes de pteri-dófitas: avenca, chifre-de-veado, renda-portuguesa, samambaia--de-metro, americana, chorona, crespa, paulistinha, bailarina, holandesa, dobrada... — sugeriu animado o diretor, um conhecido colecionador de plantas.

— Vou tentar, mas, sinceramente, você não está tentando descolar umas mudas de planta comigo, não? — quis saber Manela, que para ser esperta só faltava o w.

— Menina, mas como você pode pensar isso desse seu dindo aqui?!

— Rá! Mas tá! Vou fazer isso pro senhor. Mas saiba, Gal morre de ciúmes das plantas, tudo o que eu trouxer será levado de volta, não vai sobrar nadinha pra você nem, diretoria.

Manuela aceitou o desafio das pteridófitas. Para ela ia ser mamão com açúcar cumprir a tarefa. Como bem sabia o diretor, e a macota cidade inteira de Piratininga, sua avó Galadriel, a Gal, em derredor de cem quilômetros, era a velha com mais samambaias penduradas no alpendre, de todas as qualidades e todos os tamanhos, incluindo o raro avencão rubro rendilhado de folhas enormes e pontilhadas, de muitas gerações se criando ali nos vasos de barro, sendo que a primeira mudinha foi trazida ainda pela mãe da avó da bisavó, da tataravó, arrancada do brejo, quando ainda a cidade era mais árvore do que cimento e prédio envidraçado. Tesouro, orgulho e raça de Piratininga.

✳ ✳ ✳

A casa da Gal ficava numa esquina, com o portãozinho baixo cravado na curva, e dele subia uma escadinha ladrilhada de caquinhos vermelhos e amarelos para o alpendre com balaustradas contíguas para os dois lados da rua, uns três metros de cada lado, tudo pendurado de samambaias. Genuíno jardim suspenso de fazer inveja à Babilônia e referência no bairro, até na cidade. Quando alguém ia pedir uma encomenda, dizia bem assim:

— É três casas depois das samambaias!

— Virando nas samambaias.

— Passe pelas samambaias, dobre à esquerda...

Pois que Manela empreendeu expedição à Babilônia de Galadriel achando que já teria o dever cumprido. O portão da casa da avó não era fechado com corrente e cadeado, como manda o costume e o medo de ladrão, mas sim com laço de fita vermelha bem encarnado, para segurança das plantas. Pior que ladrão, o que a avó mais temia era o olho-grande. Vinha o cidadão, assim fazer visita inesperada e, enquanto umedecia um biscoito de polvilho quebrador na xícara do café, mirava qualquer vaso dizendo assim:

— Nossa, Gal, que avenca mais frondosa!

Pronto! Noutro dia a avenca estava esturricada, seca, esfarelando. A energia vital chupada pelo olho-grande. Era essa a explicação dada por Gal para a morte súbita de qualquer planta sua. Para defesa e rebate do mau-olhado, carecia de fita vermelha. Assim foi ensinado pela mãe da avó da bisavó da tataravó, e Gal procedia repetindo sem questão, colocando laços de fitas no amor dos vasos de suas samambaias como se fossem mechas de cabelo. Nem a cachorrinha Pagu escapou de levar uma fita no pescoço também, com um sininho amarrado junto, para fazer barulhinho por onde quer que andasse.

Manela dispensou o café e o doce de pau de mamão e foi direto ao assunto, sem ficar arrodeando:

— Vó Gal, na escola, para um trabalho de ciências, eu fiquei de arrumar umas samambaias bem lindas!

— Pobrezinha de você, prometeu errado, foi?

— Mas, vó, não creio, vou ficar chupando dedo?!

— Pede pra Betânia — fez a avozinha tranquilamente, tomando café na xícara de asa quebrada do seu costume.

— Mas aqui, com tanta planta espalhada, eu ter que ir pedir ajuda para vizinha megera Beta, vó, nem tenho régua de medir um absurdo desses, chega a ser vergonhoso e humilhação muita, vixe!

— Arre, nenão! Veja se eu vou deixar minhas filhas saírem de casa, mas é nem. Você diz para a velha Beta bem assim: que ela venceu um concurso de samambaia mais bonita do bairro, na minha dianteira inclusive. O prêmio é expor na escola a beleza dos plantados mirrados dela, ela vai adorar, você verá!

Galadriel e Betânia já tinham sido amigas e andado lado a lado, mas, depois de misteriosa briga, tudo entre as duas virou rixa, inclusive para saber quem levava a coroa de rainha das samambaias. Aquela que conseguia espichar os ramos da samambaia de metro um centímetro além, uma corrida de folhas mais acirrada que de cavalos no jóquei.

— Faça isso, minha neta, e Beta, achando que venceu a competição de mim, empresta feliz qualquer daqueles seus vasos sofridos e mirrados! Os meus eu não deixo você levar, pois toda planta ressente quando é mudada de lugar, e as minhas, você sabe, eu defendo!

A avó contou ainda que as plantas de Betânia não eram como as dela, pois a rival não sabia cuidar direito nem sabia de todos os truques.

— Precisa conversar com as folhagens, falar a língua do vegetal! É mais fácil que aprender inglês, russo ou grego, porque todo mundo já nasce sabendo falar a língua das plantas e dos animais, pode observar, minha neta. Quem não sabe, vou dar uma pista, é parecida com a linguagem dos bebês, "ô coisinha tão bonitinha da mamãe!", que também se usa pra falar com os cachorros.

— Vó, você faz assim comigo também!

— Arre! Acaso você não é uma teteia também? Tem de dengar muito, fazer cafuné e bilu-teteia! Veja como você está crescida e bonita! Só está meio magrinha, mostra o mindinho...

— Aqui, ó! — Manela fez, estendendo o dedinho, mais delgado que galho de gabiroba.

— Magrinho! Se acaso eu fosse bruxa, ia te engordar com vitamina de goiabada cascão batida com leite e paçoquinha. Nessa magreza você não serve nem para recheio de empadinha.

— A vó sempre exagerando...

— Voltando à vaca-fria: Beta é mulher seca, sem amor, não sabe o que é carinho nem afeição, não se importa de verdade com as folhagens, ambiciona tão somente a glória! Enfia adubo goela abaixo e cobra que cresçam sem dar uma gota de amor, isso é horrível! Precisa colocar boa música de vez em quando! Samambaia gosta muito de escutar música clássica, adoram a "Cavalgada das Valquírias"[1] — Gal ia ensinando essas coisas para Manela, imaginando que, um dia, teria alguém que cuidasse de suas bebezinhas, como gostava de chamar suas plantinhas.

Manuela ouvia como se não fosse para ela, porque na idade em que estava não pensava em ter planta, mas sim um cachorrinho que faz au-au! — essa língua dos latidos a menina falava muito bem! Já planta, para ela, era uma coisa bem boba que ficava lá parada sem fazer nada. Manela ainda não havia descoberto do que um vegetal é capaz. Não ia demorar muito para que as coisas mudassem radicalmente.

✳✳✳

Sem escolha, Manuela foi ter com Beta essa conversa bem séria e envergonhada. Até mudou de roupa e passou um pente no cabelo para causar melhor impressão.

Betânia morava num sobradinho cercado de jardim com varandas. Logo na entrada havia um pé de abacate carregado de fruta madura, que Manela adorava comer com uma colher de açúcar e limão espremido por cima. Fez menção de apanhar um, mas a velha gritou escondida de algum lugar que ela não conseguia ver onde era exatamente:

— Larga, ladrona de fruta!

Aquela mesquinharia talhou o sangue de Manela na hora. Negar fruta era uma coisa bem feia. Nunca ninguém ia conseguir comer os abacates todos de um pé inteiro, ainda mais ali onde moravam apenas ela e o cachorrinho caramelo Oswald. Um desperdício a olhos vistos com barro de fruta se espalhando por debaixo da árvore. Dissimulando o descontentamento, passou esse melzinho na vizinha:

— Não é isso, dona Betânia, não quero abacates. Vim por causa do concurso de samambaias.

— Concurso de samambaias? Não sei de nada sobre isso, garota.

— Como? A senhora não soube? Foi a vencedora! — explicou Manuela, ainda sem entender direito de onde vinha a voz de Beta, que não aparecia para atender, apenas falava de algum lugar.

— Como assim, pestinha? Se eu nem me inscrevi em concurso algum — desconfiou a velha Betânia.

— Caso a senhora recuse o prêmio, teremos que repassar para Galadriel, a segunda colocada.

— Não! Claro que estou interessada, imagina. O que foi que eu ganhei? — respondeu, surgindo de algum ponto do jardim que Manuela não pôde enxergar.

— Vai expor seus vasos na Escola Presidente Vaargas! Fica na rua em que a Mangueira passou. Também ganhou um ano de adubo grátis!

Beta fez uma pausa, pensando... Decidiu, falando que exporia as plantas, mas o adubo não carecia, ela fabricava o próprio esterco. A resposta fez as engrenagens da imaginação de Manela girarem, suscitando cenas da mulher em situações engraçadas.

A menina ficou pensando com que tipo de esterco ela adubava as coisas por ali, que a propósito estavam bem verdinhas, mesmo que lhes faltasse amor e bilu-bilu-teteia, como observara Gal, censurando a falta de afeto da outra.

Satisfeita em sair vencedora, Betânia combinou com Manela que poderia retirar as plantas selecionadas no dia da tal exposição e devolver dali a três luas no mais tardar. Já estava mais simpática e até ofereceu as mesmas frutas maduras que momentos antes negara:

— Aqui, minha filha, leve uns abacates para você, e de consolação para sua avó, perdedora do prêmio.

— A senhora conhece a vó, né?

— Eu e sua avó, minha filha, nos conhecemos de priscas eras! — disse e gargalhou: Rá! Rá! Rá! — Imagina, nós duas somos fundadoras de escola de samba e até já organizamos o carnaval.

— Uau, eu adoro carnaval! Se é assim, não vejo o motivo de as duas não tomarem um cafezinho juntas, dona Betânia, e me colocarem sabendo de tantas histórias...

— Eu tomo esse café com o maior gosto, basta a desalmada da sua avó convidar. Sei que ela é sua avó e tudo, mas veja, até arrumou essa desculpa de concurso porque não quis emprestar as plantas para a própria neta...

— Imagina, dona Betânia, jamais que íamos inventar uma coisa dessas...

— Galadriel é mulher endurecida, incapaz de verter uma gota de benignidade, desconhece amor, amizade, carinho, afeição!

Manela ficou nervosa sem saber o que dizer nem onde pôr as mãos em meio ao fogo cruzado.

— Não precisa ficar assim, apurada, menina. Eu deixo você levar os meus vasos, sou generosa. Deve ser muito difícil ter uma avó ruim. Volte aqui quando precisar deles.

✳ ✳ ✳

Para ajudar com o trabalho de ciências, Manela foi se acudir com a melhor amiga de dentro e de fora da escola. Atendia pelo nome de Salustiana, apelidada de Salu. Se conheceram tempos antes, no clube de troca de cartas. Nasceu na Bahia, mas estava morando em Pindorama.

Transcorrido o prazo, assim como estava combinado, as meninas apareceram em casa de Betânia para retirar alguns exemplares de samambaias e do portão gritaram anunciando sua chegada:

— Ô de dentro!

Beta afastou a cortina de renda e, chegando a cara na janela, secundou:

— Ô de fora!

Fez as meninas passarem pelo portão, organizando o movimento. Estava vestindo parangolé[2] amarelo, azul e vermelho. Os tecidos iam se movimentando ao sabor do vento e acompanhando o movimento de seu corpo esguio.

A mulher era excêntrica e carrancuda, mesmo assim as garotas viam nela algo de especial e estranho que as fazia sentir um bem-querer, sem saber explicar exatamente o motivo.

— Me sigam, sei o caminho — falou Betânia, tomando a dianteira, indo por uma trilha entre árvores, palmeiras, trepadeiras pendendo, bromélias e folhagens de um exuberante jardim no país tropical.

As amigas a seguiam desconfiadas, se olhando de rabo de olho e escondendo risinhos cúmplices. Algo de enigmático sempre rondava Beta e sua casa, isso as deixava nervosas e rindo feito umas bobas.

— Não fiquem preocupadas, prendi Oswald para que não morda vocês. Desfrutem a paisagem, *babies*, vivemos na melhor cidade da América Latina!

O quintal de Betânia era enorme, tinha até uma piscina com água azul de tão amarelinha, palmeiras, girassóis, urubus e a roseira branca à direita do monumento no planalto central.

— Que quintal grande! — botou reparo Salustiana.

— Meu quintal é maior do que o mundo — respondeu Betânia, lançando um olhar infinito sobre as duas menininhas.

Suas samambaias, a velha cultivava sob a copa duma jabuticabeira, penduradas nos galhos como poemas, e as jabuticabas eram os pontos-finais. Eram divinas, maravilhosas, ao contrário do que dissera Gal, por puro despeito, como restava claro.

Explicou o motivo de manter as plantas ali: a quantidade certa de luz, umidade... Mas havia também o segredinho.

Levando-as até uma tapera nos fundos do quintal, viram sobre as brasas do fogão a lenha, depurando ao fogo, em tachos de cobre, secando sobre peneiras, fórmulas e poções de fertilizantes que Betânia, virada em alquimista, inventava.

— É bom que você leve um pouco disso, as plantas perdem o viço sem seu remedinho! — disse, apontando para bólides[3] cheios dos produtos enfileirados na prateleira, espalhados pelo chão. — Só não apanhe aquele em que está escrito geleia geral...

QUE GOSTO TÊM AS PESSOAS NA SALA DE JANTAR?

A professora de inglês, Miss Yma Sumac, estava com a responsabilidade de fechar a escola naquela noite.

A lua cheia botou a cara nascente dourada na risca do horizonte alaranjado e meteu um raio de seu poder para dentro da sala, bem onde estava sentadinha num pedestal, exibida, a samambaia predileta de Betânia, que tivera seu xaxim encharcado da poção misteriosa. Manela despejara ali meio sem-querer-querendo.

O adubo proibido por Beta foi justamente o que a menina mais sentiu vontade de experimentar. Aplicou a substância, antes de voltar da escola para casa, naquele fatídico dia, na esperança de, no dia seguinte, ter folhas mais verdes e brilhantes. Tomando em suas mãos o bólide geleia geral, entornou o caldo sem parcimônia.

Sabe-se lá que estranha alquimia sucedeu ali, mas, ao tomar o banho de lua, o vaso ferveu soltando fumaça, para susto da professora de inglês, que correu pra sala, acudindo, temendo um princípio de incêndio.

Qual nada, em meio às brumas da fumaça que se dissipava, a planta crescia em disparada: num instante, as folhas se derramaram pelo chão, num piscar de olhos, subindo pelas paredes, pelo teto, e, quando se deu conta, Yma, surpreendida, já estava envolvida pela ramagem, aprisionada, feito a mosca em uma teia. Então, lá do miolo verde, o centro da agitação, enxergou aberto um bocão de muitos dentes serrilhados.

Foi atirada para o alto pelos galhos vivos e precipitou-se bocarra adentro enquanto gritava:

— *Wawa-wawa-wawa!*

Após engolir a *teacher,* a samambaia lambeu os beiços e, estalando os ramos em ritmo de mambo, arrotou sem educação:

— TUPI, OR NOT TUPI, THAT IS THE QUESTION!

A professora de inglês nem tapava o buraco do dente e o apetite atávico duma planta de milhão de anos! E assim as ramas com boquinhas nas pontas cresceram com pressa mesozoica, expandindo, estuporando as portas, passando por todos os umbrais até ganharem as ruas ladrilhadas de basalto de Piratininga, cheias de fome!

Coisa primeira que acharam foi uma livraria abandonada de muitos anos, avançaram sobre ela, gulosas de papel e tinta. Apesar de chamar livraria, o que tinha lá mesmo eram baratas e bonecas de princesas das Oropa, mais uns brinquedinhos de plástico empilhados, tudo abandonado. A ramagem nem se fez de rogada, quem tem fome come de tudo, espantou as baratinhas e devorou a bonecagem, para em seguida fazer um cocozinho com rodinhas, peruca loura e tiara de brilhante falseado.

Contemplando admirada o novo brinquedo de plástico reciclado que construíra, sem certificado da Anvisa, a boquinha vegetal vermelha, gorducha e dentuça falou:

— Quem quiser pode brincar por sua conta e risco!

As princesas de plástico nem para petisco ou entrada serviram e, cafungando bem, farejando o ar, a ramagem sentiu um aroma apetitoso de totó cheirosinho, lavado com xampu e condicionador e temperado com talco em *pet shop*, delícia:

— Nham! Nham! Até os donos sentem vontade de comer!

Crescendo sorrateira, muitos metros além, o metro de suas folhas adentrou pelos fundos da casa do seo Cristóvão e, feito uma jiboia, deglutiu suas três cachorrinhas genovesas: La Pinta, La Niña y La Santa María. Seo Cristóvão foi de sobremesa surpresa, surpreendido que foi pela folhagem canibal. Num zás, foi de homem mui esperto, "descobridor" de coisas, a adubo de samambaia, as folhas agradeceram bem, resplandecendo num verde clarinho, coisa mais linda, mami! E seguiram no banquete canibal da meia-noite ao luar.

✳ ✳ ✳

Entrementes, Salu, possuidora do hábito de observar a cidade do alto de sua torre de marfim e taipa de sopapo, no condomínio residencial Greenwich Village, notou, olhando pelo binóculo, de sua janela indiscreta, algo de muito estranho sucedendo na Escola Presidente Vaaargas! Na mesma hora, despachou mensagem *zap!* no celular pra Manela contando o que vira, espantadíssima:

— A escola virou uma floresta e está tomada por plantas!

Assim que leu a mensagem, a barriga de Manela borbulhou uma revoada de borboletas brancas, lembrando-se da exata hora em que despejara o conteúdo do vidro misterioso e interditado no xaxim.

SAMAMBAIA CANIBAL

— Vou ter que ir lá ver o que aconteceu, acho que a culpa é minha!

— Vou com você! — ofereceu-se, solidária, Salustiana.

* * *

Enquanto isso, sob o auspício da luz prateada da lua, a samambaia canibal avançava assim sem impedimento, trincando e tinindo por Piratininga.

— Quem não invade, não chega, não! — proferiam uníssonas as boquinhas antropofágicas, antropomorfas, antropológicas.

Beliscaram uma carne-seca pendurada na janela da casa de Carolina, arranharam a tinta e os azulejos do quarto, da cozinha. Esperta, a vítima sempre se virou sozinha e escapuliu sem titubear. Não teve a mesma sorte o poeta que, distraído, desfolhava a bandeira e foi ingerido de uma bocada, restando somente as botas escoradas no barranco. Dali em diante, a samambaia sabia devorar decassílaba ou verso livre, a depender da bebida que acompanhasse a refeição, ou ainda como se estivesse na apresentação dum sarau:

— Odeio sarau, só vou mesmo para comer! — a planta fez.

Mas o rega-bofe da noite se deu quando a ramagem e as suas boquinhas encontraram as pessoas da sala de jantar, uma a uma devoradas sem perceber, deglutidas pela planta silenciosa enquanto estavam ocupadas em nascer e morrer. As boquinhas antropófagas comentando entre si enquanto palitavam as presas com espinho de mandacaru:

— O moço contador, que gosto tem?

— Galinha ao molho pardo!

— A mulher dentista, que gosto tem?

— Frango com quiabo!

— E o cara engenheiro, que gosto tem?

— Parece frango com farofa, desses de padoca, rodando na TV!

— Essa fulana médica, qual sabor?

— Frango, franguinho, tudo o mesmo gosto, vindo da mesma granja e fazenda!

— Mas e o bispo? Bispo tem gosto de sardinha! — riam-se as boquinhas atrevidas.

— *Lá! Lá! Lá! Chá! Chá! Chá!* — papo cheio, a samambaia saiu cantarolando uma canção ao luar. — *Quem é que faz o teu bifinho com batatas? ... Sopra no jantar a tua sopa...*[4] *e abre um bocão assim pra te devorar?* — ri ri ri ri ri ri — *Somos nós, somos nós!* —

iam cantando em coro os brotinhos da samambaia carnívora, fazendo algazarra pelos quintais noturnos.

$$* * *$$

Entrementes, na Escola Presidente Vaaargas, Manela, Salustiana e a cachorrinha Pagu investigavam a origem da confusão. Manela, para sua defesa, trouxe a frigideira de fritar biscoito de polvilho azedo de sua avó, de ferro e bem grossa, mais dura que aço.

Assim que chegaram lá, a planta estralou os beiços:

— Duas crianças bem-criadas com pão de queijo e pingo de leite escuro, apetitoso! Ainda tem um totozinho de sobremesa!

Ficou bem quietinha a pteridófita, deixando que as amigas entrassem na escola transformada em floresta tropical, tomada pelas folhagens selvagens. Ainda que fosse difícil reconhecer o lugar, Manela e Salu se aproximaram do xaxim primordial, exatamente onde a planta desejava que chegassem para erguer triunfante seu bocão descomunal, já rindo debochosa:

— Rá! Rá! Rá! Dois franguinhos de leite direto pro meu papo!

— Mas o que é você?! — sarapantou-se Manela, ameaçando-a com a frigideira.

— Eu sou Caetano, a samambaia antropófaga.

— Por causa de quê esse nome, hein?

— Minha mãe gostava de *London, London* é tão gostosinha.

— Mas gente, o monstro é internacional? — desconfiou Salustiana, ligeiramente xenófoba.

— Au! Au! Au! — latiu Pagu, farejando o perigo, e mordeu um galho, sendo imediatamente agarrada e suspensa.

— *Disseram que eu voltei americanizada... Eu digo é mesmo eu te amo e nunca* I love you.[5] — foi cantando Caetano balangando as ramas à maneira de Carmen Miranda, enquanto escancarava a bocarra e, lançando a língua grudenta para fora, arrastava Pagu duma só vez para o bucho seu.

— Paguuuuu! — berraram, tomadas de pavor e desespero as amigas, ainda em tempo de ver o rabinho da cadelinha, que sobrava pelo lado de fora, ser sugado feito um espaguete alho e óleo.

No mesmo lance a samambaia tentou golpear as amigas, mas encontrou pelo caminho o duro ferro da frigideira de Manela: pá! Foi um urro descomunal do vegetal seguido de um:

— Oxente, *my God*! Essa doeu! Fedelhas, cuidado, a cuca te pega! — advertiu a folhagem.

— Pega nada, matusquela! — E, dizendo isso, passaram sebo nas canelas, em desabalada carreira!

Por mais ágil que fosse, a planta canibal não conseguiria alcançar duas molecas na força da juventude, que, de salto em banda, foge daqui, foge dali, saíram ilesas da agora Floresta Presidente Vaaargas!

— Malditas! — fez a bocarra central Caetano, em tom grave.

— Maaaaalditas — fizeram as boquinhas brotinhos menores em coro agudíssimo, dançando, igual se faz nos musicais de Bollywood.

Sem parar de correr e bebendo o fôlego, Manela e Salustiana decidiram se acudir na casa de Betânia, que devia ter uma solução para o problema. A danada, se não era bruxa, no mínimo era alquimista ou coisa que o valha.

Enquanto isso, os galhos novos e as boquinhas esfomeadas, brotados de Caetano, se espalhavam por Piratininga, famintos dessa terra nova e desconhecida por eles.

Curiosas e atraídas pelo *zuuuum!* de um estúdio de tatuagem, as mandíbulas nervosas entraram justo quando um cara tatuava no peito, bem bonito, o Abaporu usando tênis. Lamberam os beiços as boquinhas e, mui apreciadoras da arte nacional que eram, comeram tudinho! A tatuadora inclusive, não sem antes pedirem, com toda a gentileza que aprenderam nas aulas de etiqueta, uma tatuagem bela e refinada, em seu mais vigoroso ramo, com letrinha de máquina de escrever antiga:

só a antropofagia nos une.

Frase misteriosa que homem burro num é capaz de compreender, mas qualquer samambaia da Pindorama elevada sabe do que se trata.

CAETANO COMEU SEIS ESTRELAS
E SE TORNOU MARECHALA

Desta feita, iam as ramas seguindo pelas ruas sem vergonha nem medo de nada. Não encontraram as crianças fujonas e estavam com muita fome. Procuravam alguém para beliscar. Eram horas da novela, não havia cidadão dando sopa nas calçadas nem, tudo deserto. Apenas se ouvia o barulho das tevês vindo das casas. Isso só fez a fome e a nervosia da planta aumentarem. Então, sentiu cheirinho de assado e suspirando fundo fez:

— Ali tem coisa gostosa!

Passando a rama por debaixo duma porta, saiu dentro da pizzaria La Traviata. As massas aromavam bem assando nas brasas do forno, e o pizzaiolo espichava discos, fazendo-os girar no ar, coisa linda de se ver.

A samambaia fez a comportada e sentou-se, uma florzinha amável, pedindo o menu, obrigada! Teve vontade de comer pizza. O moço garçonete veio e mostrou as opções bem igualzinho se fazia na Itália, em Roma, pregado no Coliseu. Era de lá a *franchising* de massas. A planta estranhou:

— Só tem esses sabores aqui? Não tem pizza de churrasco? Carne-seca com abobra? Banana com canela? Morango com merengue?

— Mas quê? *Mamma mia!* Onde que isso é pizza, senhor? Aqui é a tradicional pizza italiana! — respondeu sem esconder sua indignação.

— Blá! Blá! Blá! — a ramagem debochou com pouco-caso. — Essa sua pizza italianíssima, por um acaso, vai molho de tomate em alguma parte, assim, seja por baixo, seja por riba? — quis saber a canibal.

— Claro, senhora! Desculpe, senhor ou senhora?

— Os dois.

— Ssser... Usamos molho de tomate na maior parte delas! Feito em nossa própria cozinha, fresco! — respondeu orgulhoso.

— Mas se o tomate é tipicamente americano, quero dizer, astecas já cultivavam tomates bem antes... Penso que eu poderia ter uma pizza tipicamente italiana se ela fosse recheada com um italiano! Por acaso você é italiano? — perguntou Caetano, já bolando um experimento e tratando logo de experimentar o experimento. Erguendo-se da mesa, desdobrando-se em tentáculos e boquinhas e começando a cantar conhecida ária de ópera a plenos pulmões:

— *Libiamo, libiamo ne' lieti calici, che la bellezza infiora*
E la fuggevol, fuggevol ora s'inebrii a voluttà...

Ia cantando a Caetano enquanto agarrava os pés dos funcionários da pizzaria e, de outro lado, fazia abrir as garrafas de vinho e ainda com a ponta dos ramos fazia girar os discos de massa e salpicava orégano, preparando com alegria seu jantar. As boquinhas em coro a retumbar:

— *Ah! Godiamo!*

La tazza, la tazza e il cantico, la notte abbella e il riso
In questo, in questo paradiso ne scopra il nuovo dì...[6]

***

Entrementes, as amigas chegavam até a casa de Betânia esbaforidas e com dor do lado da barriga de tanto correr. Ao som de Luzmila Carpio, o lugar parecia alheio ao que acontecia em Piratininga. Empurradas pelo desespero, as crianças entraram emboladas pelo portão, esquecidas da formalidade exigida pelos costumes da dona da casa, foram catando cavacos pelo jardim até darem com os peitos contra a porta trancada, a qual esmurraram berrando em desespero:

— Beta, Beta, Betânia!

Pareceu demorar a escutar devido ao som alto:

Tarpurikusun sarata
Wiñapuman tukuchisun...[7]

Abriu a porta calmamente e toda coisinha, enrolada em um roupão de toalha listrado de roxo, azul, verde, amarelo, laranja, vermelho e com um charuto enfiado no beiço, brasa vermelha, fumegando:

SAMAMBAIA CANIBAL

— Mas o que vocês estão fazendo aqui, pestes? — espantou--se com a aparição inesperada das crianças.

As duas começaram a falar embolado, tentando explicar o que estava acontecendo enquanto Betânia as observava batendo o pé calçado numa chinela cravejada de brocal vermelho e soltando baforadas do charuto, impaciente.

— Não estou entendendo nada com vocês falando junto misturado! O que houve com minhas samambaias? Vocês machucaram minhas filhinhas?

— Aconteceu que eu coloquei no xaxim um pouco da meleca guardada naquele pote âmbar em que estava escrito geleia geral.

Betânia ergueu as sobrancelhas num misto de surpresa e preocupação. Ela havia dito para não mexerem justamente no vidro da geleia geral, foi um aviso bem claro. Antes de qualquer coisa, Manela foi se defendendo:

— Pensei que fosse adubo, ora!

Nem tiveram tempo de enveredar por qualquer conversa mais esclarecedora ou julgamentos, tudo ao redor começou a estalar e gemer com pontas de brotos estuporando pelo chão em colossais colunas verdes.

Bem nutrida de legítima massa italiana e regada com vinho, a planta engrossara seu poder e expandia os domínios sobre a cidade. A casa foi erguida pelo assoalho, igual nos cinemas fazem os furacões. Em meio ao som e à fúria, a ramagem triunfava em comédia dançando e cantando "O Corta-Jaca":[8]

— Neste mundo de misérias
Quem impera
É quem é mais folgazão
É quem sabe cortar jaca
Nos requebros
De suprema, perfeição, perfeição...

A casa sacudia, todos rolaram para o jardim de onde podiam vê-la no alto girando, girando, ao sabor da canção, as folhagens pelas janelas se rindo, como se estivessem em um carrossel de parque de diversões.

— *Ai, ai, como é bom dançar, ai!*
Corta-jaca assim, assim, assim
Mexe com o pé!
Ai, ai, tem feitiço tem, ai!
Corta meu benzinho assim, assim! ...

Cantarolavam os cabeções gigantes em jeito de umbigo de banana, partido ao meio, por onde se penduravam línguas estrambóticas. Betânia, com espantosa coragem, aproximando-se sem temer, reconheceu de quem se tratava e ralhou:

— Caetano, Caetano, larga já da casa de mami! Comporte-se!

Uma gargalhada estrepitosa percorreu toda Piratininga, e se houve algum dia autoridade de Betânia, esta já não existia mais. A planta partiu a casa ao meio fazendo os escombros caírem sobre ela, que, soterrada, ficou apenas com os cambitos de fora dos destroços, as chinelas rubras à mostra.

Com receoso respeito, a planta, feito um cão desconfiado, farejou o corpo, cutucou com uma ponta de galho, conferindo se havia ainda algum sinal da força que outrora estivera ali. Permaneceu imóvel Betânia. A ramagem riu, um riso de vitória para dentro, e as dezenas de boquinhas e bocões se voltaram para Manela e Salustiana:

— Mami, mami, de um esporo chocou a selva que a matou! Há de se ter cuidado com o ovo da serpente! — fingiu chorinho Caetano, e sua voz áspera vinha de todos os lugares simultaneamente. — Mas que delícia, aqui está a garotinha da frigideira com sua amiga mais burra ainda! — foi zombando a planta canibal quando, sob os pés das amigas, o chão explodiu em ramos que as envolveram como se estivessem caídas em um ninho de cobras.

Quanto mais se debatiam, mais presas ficavam, e as bocarras brigavam para ver quem ia morder primeiro braços e pernas, gemendo de vontade e apetite:

— Nham! Nham!

Cada uma puxando de um lado, e Manela sentiu que ia arrebentar partida feito uma cabeça de couve-flor pela samambaia canibal. Daí ouviu-se de longe aquele hino da libertação "Dançando Lambada", do Kaoma.

E apontou Gal no portão com seu celular metido numa lata de leite em pó à guisa de amplificador para a lambada *hit* dos anos noventa que tocava. A galhada toda estremeceu no mesmo instante, afrouxando o aperto, deixando sua comida livre outra vez. Quanto mais Galadriel se aproximava, mais se contorciam as ramas, regredindo aos buracos, voltando por cima dos portões e muros.

— Vó! Vó! Chegou bem em tempo de impedir que eu fosse deglutida!

— Sabia que você estaria aqui na Betânia, essa confusão só podia ser coisa dela! Eu conheço essa danada de outros carnavais. Sei que samambaia odeia lambada, pois tenho larga experiência em aplicar musicoterapia nelas. Isso vai mantê--las longe de nós por algum tempo apenas. As plantas, elas se adaptam, não demora muito essa criatura aprende a dançar lambada, eu entendo bem de folha ornamental. Mas antes, corre lá, Manela, e pega a chinela de rubi da Betânia e bota no seu pé, há de ser útil.

— Credo, eu não vou roubar a sandália da defunta, mas é nem! Tenho medo de gente morta!

— Aposto, não está morta nada! Vai lá e tira a sandália, faz como eu digo, minha neta, confia.

Manela foi. Ao tirar as chinelas de borracha, Betânia soverteu numa revoada de maritacas verdes, daquelas que gritam bem alto e estridentes, um escarcéu.

— Não disse! A velhaca não ia largar da rapadura assim, não! Calça a chinela e vamo simbora achar um lugar seguro para nos esconder e pensar num jeito de sair dessa confusão.

$$*\ *\ *$$

Respectivamente, troncos e ramos da Caetano se espalhavam por toda macota cidade de Piratininga, cantarolando "Sowing the Seeds of Love",[9] sem nenhum respeito às leis de trânsito, lançando sementes, estendendo cipós, fazendo brotar pelas trincas no cimento folhas verdes, e a raiz mais taluda derrubou o discurso que fazia em bronze havia quatrocentos anos a estaltua do fundador. Marchando, marchando iam galhos e ramos cantando:

— *Feel the pain*
Talk about it
If you're a worried man
Then shout about it
Open hearts...

✳✳✳

Pelo seu caminho, a plantaria achou no alto de uma avenida, encrustado, um tejupar faraônico, ocupando muitos quarteirões, a mansão-fortaleza de Venceslau-Banqueiro-Bilionário, na maior segurança, cercada de muralhas, fios elétricos, câmeras, arame farpado, suborno e alarme que grita bem alto nos finais de semana.

Venceslau-Banqueiro-Bilionário, além de ter palácio próprio e de sua coleção de carros antigos e raros, também era dono das casas, carros, motos e bicicletas da macota cidade inteira e paragens além, tudo, tudo financiado em *leasing* e hipoteca a perder de vista no pançudo banco de Venceslau, um dos maiores fabricantes de boletos, dívidas e gente enforcada do mundo inteiro, perdendo só para os estadunidenses. É orgulho de Piratininga, com bandeira tremulando na porta, inclusive.

No centro da mansão, havia uma piscina bem funda cheia de moedinhas de ouro e notas de quinhentos reais, na qual Venceslau nadava relaxando, observando todas as obras de arte em seu jardim de estaltuas que ele comprara de museus ao redor do mundo e trouxera para seu deleite exclusivo. O esbanjamento era o maior segredo, pois, fora dos muros do palacete, Venceslau era tido pessoa simples, mecenas e altruísta, uma alma caridosa e filantropo que ajudava os órfãos (cujos pais arruinou endividados), doando uma marmitinha de suflê de chuchu com frango desfiado.

Pois estava ali distraído, batendo os pés em sua piscina, a praticar hidroginástica, quando tudo tremeu, e por entre as moedas tilintando se ergueu um cabeção vegetal com a bocarra escancarada por onde se derramavam notas e moedas em cascata sobre o banqueiro, se debatendo sarapantado aos gritos e pedidos de socorro:

— Acudam! Acudam! Estou sendo atacado!

Vendo a planta, os seguranças começaram a atirar. Mas a cabeçorra reagia aos tiros com gargalhadas estrondosas e, batendo os ramos contra as moedas, as fez espirar como se fossem rajadas de metralhadora na direção deles, os colocando a dançar animada rumba. Por cima dos muros, nos dutos de esgoto, nas calhas, nos ralos e em qualquer buraco, por menor que fosse, mais ramas botavam as cabeças de fora fazendo bater as mandíbulas, produzindo e reverberando som assustador. O banqueiro, erguido de ponta-cabeça por um galho, estarrecido, berrava incrédulo, clamando por São Brás, o santo dos ladrões. Em resposta, aquele já conhecido vozeirão gutural retumbou por todos os lugares:

— Hummm, que belo petisco, marinado no uísque! — cafungou a planta em seu cangote, passando a língua em derredor do pescoço para provar, e, apertando a pança, fez: — *Foie gras!* Engordado nas castanhas-de-caju e castanhas-do-pará, no ponto de ser servido!

Veio um helicóptero voejando acudir aquele bilhão de sunga, despendurado e balançando impotente. Em muitas horas, dinheiro não resolve de nada. A planta nem te ligo e, estalando o chicote duma rama, exterminou a maquinaria voadora como se fosse uma barata dessas que saem voando nos dias de calor meio tonta! Explodiu no ar, um estalinho de biriba em festa junina.

— *Mangia che ti fa bene!* — clamaram em coro as boquinhas brotinho em derredor incentivando, uníssonas, batendo e estalando os galhos, ritmadas. O homem pediu clemência, podia pagar o quanto fosse ou fazer um abatimento dos juros no caso de dívida e nome sujo. A voz que a tudo permeava riu-se respondendo:

— A flor, a flor não come dinheiro!

Abriu a bocarra e fez rolar lá pra dentro o homem dos investimentos, dinheiro é coisa com que planta nem se importa.

— Que gosto tem? Que gosto tem?

— Sempre um saborzinho de frango!

A plantaria avançou e tomou conta do palácio de Venceslau. Lá havia um cinema só pra ele, do qual as samambaias se adonaram e assistiram folgadas a uma sessão on-line do filme *A pequena loja dos horrores*, de 1986. Ao final, aplaudiram de pé!

A mansão, palácio, fortaleza de Venceslau era grande, mas não o suficiente de caber a pujança duma samambaia tropical antropofágica. Não tardou, a umidade azinhavrou o bronze, escureceu a prata de seus tesouros, e uma profusão de talos robustos racharam os mármores do chão em mil cacos. Troncos vigorosos se levantaram portentosos, partindo colunas. Capitéis, pináculos caíam, destruindo estrondosamente a cúpula dourada. Sob pó, escombros, ruína e dinheiro rasgado, vai se levantando a nova e magnífica floresta tropical de paus de xaxins carnívoros. Piratininga de pijama contempla atônita a queda do império financeiro, tão acostumada ao mando e desmando de Venceslau, agora deglutido, a casa tomada de seus herdeiros, sem a piedade que nunca teve.

✳✳✳

Desaforo como aquele não ficaria impune. Um telefone toca na madrugada, o general de pijama atende:

— Quack! Quá, quá, quá! Quac! Quac! Quac! — reclama aos brados indignados o presidente da Federação das Indústrias de Piratininga, mui amigo do finado engolido e indigesto Venceslau, ex-bilionário, uma vez que não conseguiu carregar um tostão furado para onde foi.

O general largou das pantufas, calçou os coturnos e foi acudir a cidade que a bem dizer respirava por suas chaminés. Puseram-se as tropas a marchar em socorro de Piratininga sitiada pela samambaia canibal. A samambaia nem te ligo, ao contrário, esfregou as folhas de contentamento, sentindo o cheiro de um tempero de que gostava bem: pólvora.

Sem saber a inteligência dos militares que a raiz do problema tinha residência fixa na Escola Presidente Vaaargas, se perderam em disparos inúteis e ações dispersas, em meio ao labirinto de paus e folhas em que ia se tornando a cidade à medida que avançava o vegetal.

Os tanques, mas que humilhação, as rodinhas atoladas em mares de cipós, e antes mesmo de um disparo sequer, já eram de uma vez engolidos. Os soldadinhos enlaçados pelos pés, arrastados e aos gritos de socorro eram mastigados com capacete, armas e munição, fazendo um barulho crocante, feito o dos cães ao comerem sua ração:

— Croc! Coroc! Croc!

— Humilhação assim o exército não aceita! — disse uma alta patente dando murro na mesa. — Vamos jogar uma bomba e acabar logo com essa balbúrdia!

— Mas assim também acabam Piratininga, as pessoas, as indústrias, o comércio, tudo, Senhor Patente Estrelada — ousou alertar um subalterninho sem estrelamento nenhum.

— É a guerra, pessoas morrem! Você está do lado de quem, afinal? Faça o que eu mando, guarde o que você sabe!

Guerra é guerra, e a samambaia já vira muitas ao longo de milhões de anos. Enquanto os milicos vinham com o milho, a planta já estava passando a manteiga por cima da pamonha prontinha. Por um buraquinho minúsculo donde entrava o ar na fortaleza reforçada do Alto Comando, espichou um brotinho estreito que, uma vez lá dentro, nutrido da força externa, virou um bocão de dinossauro, rugindo tenebroso, ainda por cima com um bafo de flor de velório amanhecida. Foi um esparrame de medalhas e estrelas no recinto, uns subindo nas cadeiras, os mais corajosos escalando paredes. Não os devorou, mas, laçados pelos punhos, os fez prisioneiros e agora era uma Samambaia Carnívora General em Comando, do mais alto escalão e patente.

— **GENERAL TÁ POUCO, QUERO SER MARECHAL!** — a canibal exigiu.

ENDOSCOPIA INVOLUNTÁRIA
TROPICÁLIA

SAMAMBAIA CANIBAL

Correu aos quatro cantos e ventos a notícia da cidade dominada por uma samambaia gigante e carnívora, que ainda por maior despeito cantarolava "Xibom Bombom"[10] enquanto pisava implacável sobre o asfalto quente.

Veio o povinho da imprensa do mundo inteiro tirar retrato da Caetano sambando na cara da sociedade. A planta era amante do Carnaval e devota da Mangueira. Essas gentes do estrangeiro gostam bem do carnaval dessas bandas, assim como quem se lambuza no mel de uma fruta diferente das da sua terra e diz: exótico!

A planta ri bem uns cem metros quando alguém diz dela ser exótica — os fatos bizarros —, gargalha de sacudir os galhos, desdenhando dos humanos, esses animais insignificantes, tão ou mais bobalhões que os dinossauros! Qualquer cometinha maior que um quilômetro caindo aqui, pronto, é o fim! Apocalipse deles todos, as samambaias assistindo a tudo, para depois tornarem à vida outra feita, de uma folha seca, um esporo, entre as rochas duras, e os humanos? Viram fósseis, com alguma sorte picolé na Antártida, quiçá até peça de museu de outras criaturas que virão depois deles, outro tipo de bicho. A samambaia tem preguiça dos homens que se acham o centro de tudo...

Pois que estava uma excursão de jornalistas estrangeiros, devidamente credenciados, especulando displicentemente, apoiados num muro de pedras tapiocangas nos arredores da cidade, se não era o caso de aquela ser uma samambaia mutante. Não pareciam preocupados, muito menos com medo. A bem da verdade, a desconsideração começara em suas redações, que enviaram profissionais colunistas de jardinagem, enquanto Piratininga se encontrava em guerra. Por um buraco no muro, a planta observou os gringos gostosinhos, bem nutridos, chuviscados nas *eau de toilette* e polvilhados no talquinho, lambeu os beiços e ficou espreitando:

—No meu país isso jamais aconteceria. Somos desenvolvidos e contamos com herbicidas potentes! — arrotou essa vantagem o gringo patriota, sem perceber que uma rama já amarrava lacinho verde em seu pé, para depois o jogar do outro lado do muro, donde clamou por ajuda da polícia e pediu socorro inutilmente lá na sua língua enrolada dos estrangeiros. Em instantes, ouviu-se aquele barulho de gogó em movimento, som de deglutição, a samambaia estalando os beiços de satisfação.

Os que sobraram se entreolharam e tentaram desatar desabalada carreira em fuga, qual nada! Já estavam de pernas atadas pelos cipós e foram arrastados para o mesmo trágico fim. Depois de comer tanto gringo misturado, a planta sentiu uma congestão e ficou com a cara torta falando esquisito uns cinco minutos:

— *Mon chuchu, rey, mai Loviu! Escorregô nas quitanda com el musquito en la piedra. Yes, yes, have banana's live. Las wislawa szymborska mafagafes uif ananás! Y va brotando rabanada tango les perestroica. Wladimir, Uotensom di u? Freve a sucupira and porva que Sarah.*

"Nada que uma copada de boldo não resolva", pensou e fez a planta uma beberagem da folha amarga macerada com água gelada, jogando por cima da legião estrangeira, ajudando a derreter. Santo remédio! Loguinho já estava tinindo outra feita, prontinha para fazer conferência, dar entrevistas, receber com todo amor a galegada.

Apareceu outro moço, tirou retrato, nem dava para saber de onde era, não. A planta sorriu com sua mandíbula de espinhos:

— É para as internetes? — quis saber o bocão. São plantas antigas, não entendem bem as coisas digitais.

— É para o meu site de notícias, dona canibal.

— Ótimo, ótimo, chega perto, não há perigo, não — incentivou a planta, afofando as folhas com as pontas dos galhos, faceirando bem. — Ah, você é tenro, ooops, nós tem dificuldade com a porrrtuguês! Quis dizer terno, educado! Tire mais retratos! Mais! Mais!... — continuou, fazendo poses de florinha.

SAMAMBAIA CANIBAL

Trepou num poste e se apoiando nos fios da rede elétrica fez pender uma cortina de flores roxas e perfumadas, bem linda.

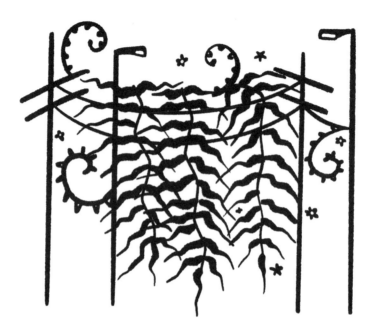

— Maravilhoso, maravilhoso! Terei muitos *likes*! — agradeceu o moço, que era *influencer* com milhões de seguidores.

— Mesmo? Que sucesso! Conte para essa sua tia, enquanto segura o aparelho, vai transmitindo ao mesmo tempo? É assim que funciona?

— Vai sim, senhora, estamos on-line o tempo todo!

Ao ouvir a resposta, a planta — Juque! — o comeu, ele nem teve tempo de gritar, tão ligeira foi a mordida. O moço *influencer*, com o celular ligado, ia simultaneamente realizando e transmitindo ao vivo a endoscopia da planta.

Primeiro passaram por ele duas fileiras de dentes serrilhados. A língua macia e inflada saltava como fosse pula-pula de quermesse, atirando-o na direção de um furo por riba do qual se pendurava a campainha vermelha e oblonga. Precipitou-se num escuro tão profundo quanto esse que se percebe entre as estrelas, um escuro galáctico, espacial. Ainda que tenha durado pouco, um segundo, quem assistiu teve medo de cair pela tela, ser abocanhado por aquele misterioso vazio.

Depois foi sequência de cores piscando veloz: verde, vermelho, laranja, até que subitamente estava caindo por um cano verde ao som de um pianinho eletrônico, ou subindo, era tudo confuso! No final do cano, esperava um buraco pelo qual o moço *influencer* desapareceu fazendo barulho de moedas tilintando, parecendo que Caetano auferia pontos, ou avançava no *game*, sempre que ingeria alguém. Então, estava num labirinto tropicália[11] e no fim dele achou uma televisão ligada. Ali o sinal das internetes caiu e ninguém mais soube o que foi feito do jovem.

— Arrout! — a planta fez, como fazem alguns povos, para dizer que a comida estava boa, e cuspiu o celular fora, ruminado, igual que nem os gatos devolvem bolas de pelo.

A transmissão por dentro da planta, contudo, viralizou nas redinhas mundiais de computadores e internetes afora. Todo mundo querendo saber explicação para aquele misterioso acontecido.

✳✳✳

Como bem calculou a planta, não tardou, virou em Piratininga um caminhão de cientistas que foi um esparrame de jaleco e tubos de ensaio difícil até de contar. Caetano, boazinha, fingiu que cochilava, um olho fechado o outro aberto pequenininho.

O povinho dos estudos colhendo amostras, enchendo seus vidros, cortando um galhinho aqui, outro acolá, com o bisturi, a samambaia fingindo sono. Os cientistas levando de volta para casa para inspetar, fazer pesquisa e estudo, espalhando pedaço seu pelo mundo inteiro. Os helicópteros, drones, arrudiano, fazendo filmagem, contando cada detalhe on-line, dando manchete: "Planta monstro devora cidade". Caetano, uma santinha, imóvel, deixando as folhas na brisa balançar:

— Levem, levem o quanto precisarem — disse a canibal, batendo palminhas de satisfação com os dedões do pé.

Enquanto isso, o povo da cidade aproveitava a paz do falso cochilo e fugia para o nordeste. Isso foi até que chegou um mais afoito, ligando a motosserra, alegando a necessidade dum pedaço maior. Justo a maquinaria que a fera mais odeia nesta terra! A samambaia, ouvindo o barulho, arregalou os olhos bem grandes, do tamanhão de um mangá japonês e, de uma linguada, papou motosserra e quem mais estava pendurado nela, deu um urro de estremecer o chão e vociferou:

— Acabou a paz! É guerra! É guerra!

Foi uma correria de gente se embolando, batendo cabeça, e pernas para que te quero! Em meio à floresta densa, mato-virgem que virou a cidade, foi custosa a fuga da ciência, essa brava guerreira, catando cavaco, enroscando o pé em cipós, cair, levantar, tornar a cair, embaraçando-se em felpudas cortinas de raízes, fugindo aos trancos e barrancos, com mil bocas raivosas cuspindo em seus calcanhares, e ainda tomando de conta para não quebrar os vidrinhos das pesquisas nem bagunçar as normas da ABNT. Esforço! Sacrifício!

— Rá! Rá! Rá! — a planta fez debochada. — Ocês me volta aqui com uma patente para vocês verem, viu?! Eu espinafro na cabeça de vocês! Da samambaia ninguém se adona, nem manda. Eu mesma me governo!

ME PERDOE,
A FOME É MUITA

SAMAMBAIA CANIBAL

Amanheceu na macota cidade maravilhosa, estonteante, boa vista, um belo horizonte no campo grande. Um bando de araras cruzou o céu azul fazendo algazarra, e por debaixo, onde antes reinava triunfante concreto armado e vidro, agora avançava o reino vegetal com plantas progredindo pelo asfalto, tomando pontilhões, viadutos e passarelas... Cipós embaraçando-se nos fios da rede elétrica estralando, dando curto-circuito aqui e acolá, tremeliques elétricos, choques, com chuvisco de fogo prateado, ao que a planta rezingava enquanto derrubava os postes:

— Cooosquinha mais besta, sô!

Aquela terra novamente, como de outra feita, tornava-se bucólico lugar, cheio de verde, a natureza em seu estado mais puro e bruto, com muito bicho, especialmente passarim cantarolando. Para alegria das plantas carnívoras, já tão cansadas de comer sempre a mesma coisa sem muita variedade. Agora com o cardápio mais sortido em biodiversidade, o mato carnívoro havia de verdejar bem nutrido, a planta sentiu-se feliz de déu em déu a recitar:

— Ouço o cantar
Cotovia maviosa
El condor passa,
Águia, urubu
Elefante
A rama é mais forte que carvalho
Podem vir empoleirar!

Mas perdoe
A fome é muita
Precisamos mastigar e engolir!

Acepipe bem sortido,
Joaninha bolada, te quero bem!
Besouro-rola-bosta,

Pouca saúde e muita saúva,
os males do Brasil são
Pra tira-gosto serve bem.

Mas perdoe
A fome é muita
Precisamos mastigar e engolir!

Se queres fartar o bucho
Jaburu à passarinho
Jaguar ou puma cai bem
Touro zebu,
Lhama dentuça
Hipopótamo,
Girafa, a carne é de pescoço
Planta faminta não escolhe
Até humano passa bem!

✳✳✳

Escondidas no topo oco duma palmeira inajá, a salvo do novo predador, estavam Galadriel, Manuela e Salustiana mais o cachorro Oswald. Dessa torre-fortaleza improvisada, observavam a pantomima do vegetal, em trabalho de engolir a cidade, cada vez mais parecida com uma floresta tropical em todo seu esplendor, horror, glória, peçonha.

Ali no breu daquela toca, as três queimavam a mufa tentando encontrar alguma saída para o problema. Gal veio com a ideia de que o melhor era pedir ajuda.

— Mas ajuda de quem? — quis saber Manuela.

— Vamos escrever uma carta! — respondeu Galadriel animadamente.

— Podemos pedir socorro a alguma excelência! — sugeriu Salustiana.

— Qual nada, Pero Vaz de Caminha escreveu carta ao Rei e a ajuda que chegou da coroa foi imposto. Vamos deixar de lado as autoridades e escrever uma carta aos poetas; esses, sim, têm muito a acrescentar!

Começaram a digitar uma carta no celular de Manela:

Piratininga, no dia de seu reflorestamento compulsório.

Dear poeta,

Palavras endereço para dar conta do que sucede em Piratininga, outrora cidade de aço e vidro, agora vestida de folhas verdes. Verdade seja dita, não por desejo seu, mas por motivo de as plantas crescerem em velocidade superior à das máquinas e prosperarem faceiras pelas frestas do concreto, brotando e crescendo sem regras.

Por mínima que seja a trinca no cimento, asfalto, junta entre duas pedras de basalto, lá vem o broto verde de uma desconhecida raça de samambaia canibal a devorar a cidade com sofreguidão, deglutida por lábios famintos.

Piratininga, em grande velocidade, sucumbe! Sem a menor clemência, a carnívora de um tudo coloca em seu cardápio onomástico:

Gente

Gato

Cachorro

O porquinho-da-índia, namorada do Manuel

O urubu de asas abertas

Minha amada cachorrinha Pagu

Isso e mais um pouco a samambaia comeu. Comeu as placas de PARE, metros e metros de sarjetas caiadas de branco pelo batalhão, toneladas de angu de brita com piche, muitos postes mijados pelo cão, o semáforo e suas cores, comeu. Comeu um ônibus inteiro com motorista, cobrador, passageiros. A banca na praça com suas revistas, quem lê tanta revista? Devorada.

Na porta da escola, o carrinho das pipocas, com o velho pipoqueiro, e as pombinhas a ciscar os piruás, essas coisas todas, as bocas nervosas levaram sem nem pestanejar.

A mulher vendendo bilhete da loteria e o banco com seus dinheiros e moedinhas, além do gerente esperneando, argumentando que aumentava o limite do cartão, a planta em seu apetite, abocanhou.

Da padaria levou o sonho, as mesas da calçada, rosca, broa, biscoitão, um saco de pão quente, e a luz de outono, engoliu. Pôs no papo os aviamentos da loja de armarinhos: linhas, botões, brocados, zíper, encheu a boca de alfinetes e, sem nenhuma educação, sorriu com os beiços bordados.

As indústrias, entupindo as chaminés com tufos de raízes, fez explodir. A gente nem sabia que planta gosta de mascar carro, fogão, geladeira. Masca e joga fora feito chiclete, só pelo prazer de morder.

E ainda cada qual em sua casa, uma experiência pessoal, com esses vegetais canibais. Lá em casa a samambaia comeu minha identidade, carteira de aposentada, o retrato da netinha que trazia guardado no compartimento com zíper. Mastigou e cuspiu meu celular.

Deglutiu a medalhinha de Nossa Senhora mais o espelhinho de Iemanjá que trazia para me abençoar e, pode ser, até minha sorte comeu... Ainda que tenha deixado lá o trevo de quatro folhas, seco de muitos anos, e as sementes de uva e romã chupadas na passagem do ano, embrulhadas na nota de *one dollar* que me deu, para auspícios, a tia Dlica na volta de uma viagem que fez até Nova York, nas vésperas de morrer súbita com um nó na tripa.

Ainda passeando por minha casa, essa rama comeu o retrato do meu pai, do avô, gulosa, do bisavô. Lambeu os papéis que eu fico rabiscando enquanto falo ao telefone, mas não comeu, pode ser que não tenha gostado do que desenho. Abusada, se deitou na rede do alpendre entre as outras samambaias, suas parentes, fez fofoca. Quem sabe sentiu frio, pois comeu minhas meias, e uma quantidade sem fim de cachecóis que tricotei a vida toda.

As fitas métricas do quarto de costura, a almofada em que eu espetava as agulhas deglutiu, como fosse um faquir, e até a máquina de costura de pedal, na qual minha avó fazia suas anáguas, foi-se. Comeu meu chapéu de palha que veio do Ceará, o único retrato que eu, tímida, tinha na praia de biquíni, comeu. Bisbilhotou a pharmacinha, provou dos meus remédios, meus unguentos, poções, benzeções, simpatias.

Na estante dos livros, comeu apenas os de poesia, a prosa regurgitou em montes úmidos de massinha de modelar. Ainda com fome foi até a cozinha para achar dentro do pote de biscoito uma nota de cinquenta cruzeiros, que cuspiu fazendo careta. Devorou a louça de florinha que foi da minha madrinha, a receita de pudim branco, e ainda por cima roeu as colheres de cabo de plástico. As de madeira lambeu e chupou tentando extrair algum sabor do passado. Os tachos de cobre, de fazer compotas, comeu, e empurrada por uma fome infinita abocanhou o sabão em barra, arrotando bolhas em seguida, dando tapas de satisfação na barriga.

Você que é poeta sabe: às vezes acontece dessas coisas que devoram. Estamos passando por isso neste exato momento. Se puder dizer algo a respeito.

Obrigada, Galadriel

O RETORNO TRIUNFAL DAS ÁRVORES PARA A GLORIOSA TERRA DE PIRATININGA

SAMAMBAIA CANIBAL

A matula com o de comer que Gal havia preparado para a fuga já estava terminando. Elas teriam que descer da torre inajá para buscar comida em algum lugar, sob a nova ordem das plantas.

— Está acabando a comida, se tiver mais uma colherada de farofa pra cada uma aqui é muito! — calculava a avó, preocupada. — Ocês duas podiam campear esses matos e ver se encontram alguma fruta, penca de banana madura, colher umas pitombas, até jatobá serve.

— Eu também preciso recarregar meu telefone! — disse Manela, que vivia pendurada no celular. — Aqui nesse oco de palmeira pega sinal, mas não tem tomada!

— Você com essa mania de telefone! Quem fica olhando muito tempo pra esses aparelhos adquire pescoço torto e problema nas vista! — a avó fez, por motivo de desconfiar de máquina *smart*.

— Vó, isso é uma bobagem! Se nós enviamos a carta ao poeta por e-mail, do celular, não foi uma grande coisa, vó?

— É nada. Até pomba faz correio. Essas coisas agem assim para nos prender, dar ilusão que precisamos delas. Eu gostava era das máquinas inocentes como as de antes. Que segunda intenção tem uma enceradeira, a batedeira? Nenhuma. Esses maquinismos munidos de olho e ouvido, eu não sei, não, desconfio bem!

— Aqui bem perto tem um supermercado, lá podemos pegar algo para comer e achar uma tomada ou bateria carregada, quem sabe? — sugeriu Salustiana.

— Mas como vamos andar pela floresta sem ser devoradas pela planta? A vovó mesmo alertou que a canibal uma hora qualquer ia se acostumar com a música e talvez já esteja tolerante à lambada.

— Com certeza, uma altura dessas, a planta já canta e dança todas as músicas, já deu provas de sua capacidade digestória.

Mas há muitas coisas que vocês não sabem. Podem usar as chinelas de rubi para sua defesa, será o bastante.

— Não sei se confio, dona Galadriel, a velha Beta estava usando essa sandália quando se acidentou, pareceu que não protege muito, não foi?

— Ah, a Betânia, arrogante como sempre, não invocou o poder da chinela de rubi porque jamais imaginou que uma planta criada por ela fosse capaz de agredi-la. Calculou errado pois acreditou que teria o comando de voz sobre sua criatura, mas não aconteceu, libertou uma força selvagem e não pôde controlar depois. Mas com as chinelas vocês vão gozar alguma proteção, sim.

— Como a gente faz então, vozinha?

— Cada uma empunha uma chinela. Assim, feito fosse uma adaga. Já será suficiente esse gesto. Mas caso o perigo aumente, vocês batam o solado das chilenas um contra o outro, produzindo um estalo, será como um pedido de ajuda. Basta que aguardem — ensinou a avó como usar o objeto mágico.

Manela tirou o calçado dos pés. Empunhou o pé esquerdo e entregou o direito à Salu e foram descendo abraçando o tronco da palmeira, enquanto ouviam mais uma recomendação:

— Outra coisa, cuidado para não esquecer o chinelo virado, senão a velha aqui morre!

— Não diga isso, vovozinha!

As garotas, que estavam na força da juventude, deixaram a avó segura no oco da palmeira com o sabiá cantando, mais o cachorro Oswald fazendo a guarda. Desceram para caçar um supermercado com boas promoções na selva, uma vez que além das bocas carnívoras tinham também as amigas que vencer a carestia.

À sombra do poder e da proteção da Caetano, muitas outras plantas ousaram e aproveitaram para retornar a Piratininga. O cenário agora estava mais parecido com o que fora dantes, no princípio de tudo: mata virgem, variada na flora, com uma lista VIP de arvoredo:

Açoita-cavalo-miúdo	*Embira-de-sapo*
Laranja-de-macaco	*Figueira-branca*
Embaúba	*Uvaia*
Pau-de-viola	*Goiaba*
Mamica-de-porca	*Urucum*
Jequitibá	*Tamanqueiro*
Carne-de-vaca	*Morototó*
Araçá	*Guabiroba*
Pau-brasil	*Mangava*
Pitangatuba	*Pau-d'alho*
Fedegoso	*Maricá*
Cambuci	*Mulungu*

Esses vegetais todos tornaram para a terra que foi sempre sua e festaram com folhas verdes, flores e frutos dos mais azedos.

— Vamos colher um pouco de fruta, vai que a gente não acha outra comida — Manela disse, virando a barra da blusa, improvisando uma cestinha.

Ela mais a amiga danaram a encher as roupas de frutinhas que colhiam trepadas nos galhos ou catavam as já caídas pelas beiras das sarjetas ou pelas rachas no asfalto partido, por onde vinham serpenteando as raízes da nova brenha.

Salustiana lançou umas seriguelas bem vermelhas na goela e fez careta do azedinho, revirando os olhos e contorcendo o canto da boca:

— Afeeee! Espetou atrás do meu ouvido essa danada!

— Se tivesse um tico de sal ficava melhor! — Manela fez, cascando uma manga verde com os dentes.

Depois do bucho cheio, tanta fruta, sentaram-se num tronco de jerivá caído, fazendo o mesmo que um banco, e ficaram catando à unha os carrapatos uma da outra, que contraíram certamente quando estavam trepadas nas árvores.

Na distração desse trabalho, nem se aperceberam de que a samambaia canibal, por entre as folhagens, fazia escorregar, disfarçado de cipó inocente, um galho bocudo. Agora tudo virado em mata, era tão mais difícil distinguir o perigo da planta carnívora, mais bem camuflada. Então, de surpresa, caiu entre elas uma gota de visco, baba, babosa vegetal.

Olhando para o alto viram por riba delas uma cabeçorra já aberta exibindo muitos dentões perfilados e uma língua atrevida pendida. Manela tinha a chinela de condão ao alcance da mão e num zás fez:

— Pá! — deu uma chinelada na língua dela para se defender! Salu, por seu lado, fez:

— Pá! — deu uma chinelada na cara dela para se defender!

A planta tomou foi um coro, tunda de chinela de rubi! Levava uma lapada de um lado, esquivando, para levar de outro também:

— Pá!

Donde a borracha pegava, era o mesmo que fogo, ficava impressa a textura do solado vermelha e acesa, como fosse uma pegada. A samambaia carnívora saiu fugida ganindo, e as duas ficaram se rindo da coitada.

Ganharam bem uns cem metros de coragem para desbravar a nova Piratininga enflorestada, ainda que a planta na saída tivesse ameaçado:

— Vai ter troco, fedelhas!

DE COMO SALUSTIANA, INDO AO SUPERMERCADO, TERMINOU COM UM BIGODE DE PRÍNCIPE FRÍVOLO DE LIVRO GRINGO DE HISTORINHA PARA CRIANÇA...

Muitos causos sucederam no rolê das amigas até o supermercado. Salustiana perdeu o rumo na folhagem, dizendo que estava embananada, não sabia mais contar onde estava a loja, não, em meio a tanta moita de capim alto, tinguaciba e bambu brotando.

— A gente apruma um samburá com esses bambus, colhe mais frutas e empanturra a velha Gal de jabuticaba, fica bem assim! Não sei onde foi parar esse supermercado, não! — rezingou a menina Salustiana cansada de rodar em círculos, desistindo.

— Salu, além de comida, tem os nossos telefones que já estão miando sem bateria! Não podemos desistir nem.

— No que eu posso ajudar vocês, patifes? — quis saber um papagaio que arrancava as penas velhas, empoleirado no alto duma jaqueira, estando com o traseiro já completamente à mostra, depenado.

— Por um acaso o senhor não sabe dum supermercado, uma quitanda que seja, aqui por estas bandas? — pediu Manela, bem educadinha.

— Basta as paspalhas mirarem os ouros da copa dos ipês em flor, bem ali. Está vendo o El Dorado, palerma?

— Estou — assentiu Manela.

— Ali, depois do chão de flores amarelas, lambido pelo rio Tietê, estará o Supermercado São Paulo. Fica aberto 24h e tem de um tudo, mocoronga.

— Manela, essa ave xingando o tempo todo e você nem vai fazer nada, não?! — protestou Salustiana.

— Imagina, esse papagaio é muito civilizado! Morou na casa de Galadriel um papagaio bacharel que chamava a gente de santo e rapadura! Coisa que tinha que ir examinar no dicionário do que se tratava.

— Se você acha... Obrigada, seo papagaio — agradeceu Salu, pouco conformada.

— De nada, mondrongo.

As garotas seguiram o conselho do papagaio e pegaram trilha, rumando para os ipês. Pelo meio desse trajeto, toparam com um jabuti trepado no alto do pau sem saber descer. Salu fez pezinho para Manela, que destrepou o bicho lá de riba. Agradecido, ele ofereceu uma carona, pois era motorista de aplicativo e podia levá-las aonde quisessem na mata.

— Se o senhor pudesse nos deixar no Supermercado São Paulo — pediu Manela.

— Sim, levo as senhoritas! — o jabuti fez, solícito.

As amigas subiram, sentando-se na carapaça do jabuti, aproveitando a corrida grátis. Elas vinham sacudindo as mãos para espantar as mutucas. O jabuti gostava de conversar e foi contando um pouco da sua vida, parou na metade, ali pelo ano cem, quando finalmente chegaram ao supermercado.

— Aqui as senhoritas atravessam essa pinguela sobre o corgo Tietê, e do outro lado está o Supermercado São Paulo.

Manela olhou com receio a pinguela feita de tronco caído e incentivou a melhor amiga a ir na frente. Salu não se fez de rogada e, metida a corajosa, foi, salto alto, passos de passista na avenida, sambando. Azar, escorregou logo de princípio e caiu nas águas do rio que tinha tanta má fama de fedorento e poluído por esgoto.

Afundou igualzinho uma chumbada de pescaria, e Manela ficou desesperada, gritando socorro da margem, pois além de ter nojo de água de privada, não sabia nadar, por isso não conseguia pular lá e ajudar.

Guará-vermelho que estava pousado no alto duma palmeira buriti testemunhou a ocorrência, foi acudir, e de um mergulho pescou a moça. Porém, com o retorno das matas, as águas do rio já não eram mais as mesmas, além de limpas estavam mágicas, e quando o pássaro tirou Salustiana de dentro do Tietê, ela estava virada em príncipe importado, feito esses que pululam nos livros das criancinhas ou que se veem garbosos em telas de cinema, vestindo calças justas e mangas bufantes. Salu não gostou nadica de nada, tinha horror de príncipe. Queria ser de outra feita como toda vida foi.

— Quem sabe a chinela de rubi pode ajudar? — Manela teve essa ideia, e daí perceberam: o pé que estava em poder de Salu se perdera dentro do rio durante a queda, e agora contavam apenas com um.

Ainda mais abriu o berreiro Salustiana, por ter virado príncipe e, pior, ter perdido a chinela de condão. A choradeira estava muito grande, e todo bicho da mata veio ver o que estava se passando ali: paca, tatu, cutia também, onça, tucano, sagui, capivara, a macacada toda espiando que faniquito era aquele que a menina estava tendo, tirando a calça de veludo e pisando em cima, mais um pouco Caetano vinha também assistir à birra.

Então, Manela deu-lhe uma boa lapada com a chinela restante. Foi um estralo sem precedentes, e a garota desvirou príncipe de parque de diversão e shopping center no mesmo instante, um santo remédio, e ainda calou o choro no mesmo ato.

Apesar da chinelada, Salustiana ficou muito agradecida por não ser mais príncipe, e, com o fim daquela pantomima, os bichos voltaram para seus afazeres e as moças começaram a pensar em como atravessar o Tietê, uma vez que a pinguela era mesmo uma armadilha para cair no rio encantado. Daí que viram algo alumiando lá no fundo do rio, como fosse um corisco. Invocaram três vezes:

— BOiTATÁ!
— BOiTATÁ!
— BOiTATÁ!

— Que foi, menina? — borbulhou a cobra de fogo lá do rio.

— Boitatá, a gente quer atravessar o rio até o supermercado, mas não tem caminho seguro, não. Pode ajudar? — Salustiana pediu muito educadinha. Sempre quando elas queriam alguma coisa era assim.

— Claro, excelência! Boitatá não pode deixar de ajudar um príncipe!

Salustiana ia dar faniquito outra vez, mas levou um beliscão da amiga, para não espantar a ajuda da cobra.

— Fica quieta, quem já foi rei não perde a majestade — cochichou Manela no ouvido da amiga.

Boitatá espichou o corpo sobre o rio, de uma margem até a outra, bem como fosse uma ponte em chamas. Mas o fogo era mágico, nem queimava nem, só alumiava lindo e fazia um calorzinho gostoso, feito rabo de fogão.

— Gradecida, boitatá. Se não for pedir muito, a senhora, quando estiver em seus passeios pelo fundo do rio, pode campear um pé de chinela de rubi que eu perdi? — pediu Salu com todo jeitinho para evitar de abusar do encantado.

— Posso sim, meu príncipe! — a cobra incendiada mais uma vez atendeu.

— Mas eu não sou mais príncipe, boitatá!

— E esse bigode que restou, excelência? Boitatá depila nas chamas mágicas, se for do seu desejo... Mas presente das águas costuma ter mágica, não é de agouro desdenhar — respondeu a criatura, oferecendo a retirada do bigode.

SAMAMBAIA CANIBAL

— Se é assim, vou deixar os bigodes até recuperar a chinela — concordou com a cobra, ainda que contrariada com carregar aquele resquício nobiliárquico.

A bateria do celular apitou dizendo que o tempo delas estava no final. Por engenho da cobra, foram deixadas justo na porta do supermercado. Um letreiro parcialmente coberto por trepadeiras dava conta do lugar certo indicado de antes pelo papagaio: Supermercado São Paulo.

Na porta de entrada, à guisa de segurança, estavam dois micos-leões-dourados, um catando piolhos do outro e comendo, distraídos, quando viram as meninas:

— Se apruma, lá vem cliente! — avisou um, se ajeitando, estufando o peito.

— Bom dia! Sejam bem-vindas!

As amigas passaram pela porta e, a bem da verdade, era só mesmo o que restava de pé, porque aquela era uma loja muito engraçada, não tinha teto, não tinha chão, não tinha parede, não tinha nada nem. Árvores haviam dominado todo o espaço onde antes devia estar o supermercado.

— Mas, mico, isso aqui não era para ser um supermercado? — quis saber Manela.

— É sinsora! Cada árvore dessa é pé de alguma coisa. Vocês estão procurando o quê?

— Eu preciso de levar algo para minha velha comer.

— De que ela mais gosta? — quis saber o mico.

— Pão de queijo — a neta respondeu sem nem pensar.

— Vem cá! — o mico fez gesticulando, pedindo para acompanhar. — Aqui é a árvore pão de queijo, é só pegar.

Manela e Salustiana treparam na árvore pão de queijo, havia uns mais verdolengos, outros de já tão maduros caídos no chão, passados.

— Escolhe os melhores, que a vó gosta no ponto certo, Salu.

Enquanto estavam nesse trabalho de colher pão de queijo, avistaram um pé de celular com a copa carregada e ficaram alegres sem quantia. Foram até lá correndo, a árvore era grande, com um tronco liso, copa alta, os frutos lá nas grimpas, os galhos mais altos, impossível alcançar.

— Salustiana, eu trepo no pé de celular, balango os galhos e você pega os celulares antes de cair no chão para não espatifar.

Sacolejou, sacolejou bem, que foi uma fartura! Choveu telefone maduro, uns espatifaram no coco de Salu, outros no chão, mas outro tanto ela conseguiu salvar apanhando-os no ar. Já vinha tudo carregado e com as internetes funcionando.

VAI, VAI, VAI, QUEBRA À ESQUERDA, VAI, VAI, VAI, TODA A VIDA, VAI, VAI, VAI

Pela estrada afora tornaram as amigas com a cesta de pão de queijo e os celulares fresquinhos, para levar para a vovozinha escondida no oco da palmeira inajá. Todas as peripécias delas espreitava, desapercebida, escondida na floresta, Caetano, esperando a melhor hora de devorá-las. A samambaia ainda havia de digerir, fazer o quilo, duma penca de senadores que comera. Por ora estava satisfeita, inclusive reclamando da política e da má digestão, se desmanchando em molezas e vontade de dormir:

— Ai! que preguiça!...

Ainda assim, não perdia as garotas de vista.

Clamando de cansaço também estavam Manela e Salustiana. A ida até o Supermercado São Paulo fora uma grande aventura, estavam exauridas. De outra vez iam pedir pelo delivery, pois a loja, como informaram os micos, oferece o serviço, via caxinguelê.

Para surpresa delas, vinha vindo, de a pé, pelo caminho, uma arara vermelha. Elas estranharam bem, pois, além de estar caminhando, a bicha estava macambúzia deveras.

— Qual foi, arara? — assuntou Manela.

— Estou presa por um encanto e não consigo mais voar — respondeu o pássaro, desconsolado.

Salustiana botou reparo muito, notou que um penacho de retalho de papel de seda perseguia o pássaro por onde andava e concluiu:

— Encanto qual nada, a senhora está enroscada num fio de empinar pipa!

A arara estava toda embaraçada num fio de náilon, por isso não conseguia bater as asas. Sem ter uma tesoura, as gurias foram com paciência desfazendo o enrosco enquanto chamavam:

— Laurinda! Laurinda! Laurinda! — que era o jeito de desatar nós que Gal tinha ensinado à Manela, feito dar três pulos para São Longuinho quando se acha uma coisa perdida.

A arara liberta do fio sacudiu a penugem alegremente e fez:

— Ararac! Ararac!

Bateu asas e voou, dando uma volta em sinal de agradecimento, e ainda ofereceu:

— Eu gostaria de retribuir a gentileza!

As garotas nem fizeram doce, esfalfadas de caminhar pela selva, lanhadas e gemendo:

— Mas que preguiça da peste!

E pediram:

— Seria muito se dona arara pudesse nos levar até um oco de palmeira que fica ali naquele alto de lapa? — disse Salustiana.

A ave gritou bem alto e vieram outras do bando ajudar a carregar as molecas e suas compras gratuitas. Foi uma barulheira colorida: vermelho, amarelo, azul, riscando o horizonte. O vasto campo do céu estava enfeitado com fofos de nuvens alvas num fundo azul profundo, dava vontade de deitar-se bem, muito, muito!

Lá embaixo estava Piratininga engolida e transformada em massa verde, aqui e ali saltava um rabicó de antena, topo de prédio, para lembrança do que fora, mas já era outra coisa, fundidas cidade e floresta.

Bem logo as araras chegaram na palmeira inajá, jogaram lá para dentro do buraco as gurias com pão de queijo mais o carregamento de telefone e saíram gritando na maior algazarra.

A velha Galadriel gostou bem do regalo, mas pediu adicional:

— Minha neta, agora há pouco estava por aqui uma vaca zebu pastando, com úbere enorme e as tetas arrastando pelo chão, pingando leite! Corre lá pega um pouco! Ia muito bem com esse pão de queijo que você trouxe!

— Ai, que preguiça! — Manela fez.

— Eu não vou! Agora estou ocupada fazendo cocar como a minha tia ensinou — disse Salustiana, que, recolhendo as penas caídas das araras, arranjava um cocar com tiras de folha seca de palmeira inajá, que estava ficando uma belezura.

Resmungando, Manela destrepou da palmeira outra feita e foi campear a vaca no mato mais o cachorro Oswald que se ofereceu de companhia. Viu o mato num mexe remexe:

— Ali tem!

Quando pôs o cabeção lá para ver do que se tratava, era a vaca zebu com uma onça mamando nela.

— Que gracinha! — Manela fez, observando.

A vaca foi explicando o combinado: entregava o leite em troca de a onça não comer ela nem o bezerrinho nem o boizinho do seu amor. O leite devia ser tipo A2A2 muito do bom, que a onça nem largou de mamar para os cumprimentos.

— Ah, pois, eu quero uma teta também, levar leite para minha velha!

A vaca bem deixou, se não fosse incomodar a onça, que não renunciava ao bico leite com chocolate. Manela podia escolher entre leite normal, café e gemada com canela. Como só tinha uma cabaça, encheu de leite com café, que harmoniza melhor com o pão de queijo.

Feito isso, seguiu pela estrada afora bem sozinha, levando a cabacinha de leite zebu para a vovozinha. A samambaia, que estava de butuca fazia era tempo, achou que era boa hora de tentar deglutir aquelas matusquelas todas e então pôs um disfarce inesperado de lenhador, a figura que mais odeia. Vestiu camisa xadrez, pendurou umas barbas de velho pela cara e ficou de machado em punho à beira do caminho esperando a passagem de Manela.

— O que faz uma garotinha tão jovem aqui sozinha? A floresta é perigosa. — Caetano fingiu bom-mocismo ao ver a menina.

— Estou indo levar essa cabaça de leite para minha vovozinha.

— Boa neta! Mas tome muito cuidado, essa floresta é um perigo, ela é faminta...

— Sei disso, bom lenhador, já escapei de ser comida algumas vezes.

Oswald farejava e latia desconfiado.

— Se disser aonde está indo, posso ajudar e aconselhar qual é o caminho mais seguro. Conheço tudo aqui como a palma da minha mão — dissimulou a planta, querendo saber onde era o esconderijo das três, que, por encanto da velha Gal, Caetano não teve olho de achar. Manela nem desconfiou que estava falando com a samambaia, tão natural e cínica ela segurava o machado, daí que aceitou a ajuda:

— Eu, a vovozinha, minha amiga, mais o cachorro Oswald moramos na Inajá Furada no Alto da Lapa.

— Ah, sei bem! Não vá por esse rumo não que é caixa prego! É assim de lobo e planta que come gente! — aconselhou a planta dissimulada.

— Como faz então?

— Você dobra pela esquerda vai, vai, vai, chega uma aroeira, dobra pela transversal, vai, vai, vai, topa com a pedra no formato de anta, segue reto toda a vida, vai, vai, vai, avista uma mangueira só, repartida em três troncos, dobra pela canhota, vai, vai, vai, passa em frente ao cemitério, não olha para trás, vai, vai, vai, salta o mata-burro, vai, vai, vai, escala um esbarrancado de formigueiro, vai, vai, vai, você chegou ao seu destino: Inajá Furada — explicou o falso lenhador, não o caminho seguro e sim o mais longo.

— Assim parece bem mais longe, seu moço! — Manela estranhou.

— É sim, senhoria. Mas garanto que chega lá sem ninguém que te engula pelo caminho.

— Se é assim, vou indo, antes que o café com leite esfrie e azede na cabaça! Agradecida, moço lenhador.

Caetano deu um caminho mais longo para a menina pois pretendia chegar ao esconderijo primeiro e surpreender a avó. Fez. Sabendo onde era, adentrou lá sorrateiro, deslizando o corpo silencioso para dentro do oco. Galadriel estava sozinha, pois Salustiana havia saído do buraco para catar penas por ali perto e completar o cocar. A planta chegou na borda do oco secundando uma vozinha estridente:

— Vovozinha, aqui está seu leitinho na cabaça, com café arábica do cerrado!

A velha estranhou a voz e rezingou:

— Desconjuro! Não quero o azedume desse leite nem! Sai pra lá, mato daninho! Que catinga de fedegoso!

A samambaia riu, as gargalhadas reverberaram dentro do oco, ensurdecedoras. A velha nem tinha para onde correr nem tinha um pé de chinela mágica para sua defesa e esbofetear a desabusada não tinha, não. Uma rama pegou a vovozinha pelo pé, virou de ponta-cabeça. A planta se rindo de satisfação, e a velha nem pareceu se abalar, valente, só disse que não tinha tempo de temer a morte.

A samambaia não estava para conversa e de uma bocada engoliu a velha. Ligeiro, o vegetal se meteu num vestido de chita que estava pendurado num cabide ao lado e ficou lá fingindo que era vovozinha esperando Manela chegar para papar a sobremesa.

Quando a neta chegou e viu a avó com aquele cabeção enorme e um bocão sem régua para medir tão grande, nem quis foi saber de nada, não, já pegou a chinela de rubi e partiu para uma surra descomunal, pois teve ódio que Caetano comera a vovozinha, sua paixão maior. Cada lapada que a planta recebia pelo cocuruto do cabeção era um urro terrível que dava, reclamando:

— Bate devagar João Jiló, porque dói, dói, dói, João Jiló!

A pantomima foi tal que o topo da inajá furada explodiu, assustando a passarada, que saiu voando assombrada, aos bandos. Parecia até que o apocalipse havia chegado a Piratininga na chinela da moça, com os barulhos do solado de borracha estralando, seguidos dos berros de Manela:

— Devolve minha velha! Devolve minha velha, planta amaldiçoada!

O cachorro Oswald, pulando, latindo, mordendo, rosnando no meio da confusão. Um legítimo rebu.

Ao que parece, a netinha perdeu a esportiva e não ia aceitar aquela derrota. Salustiana, que vinha voltando do seu passeio de catar penas, presenciou a tunda sarapantada.

— Salu, socorre aqui que a planta engoliu a vó!

Pra mal dos pecados da planta, boitatá havia encontrado e devolvido a Salustiana seu pé de chinela, então a samambaia passou a apanhar dobrado. Para se livrar das duas, ela regurgitou Galadriel e saiu chispada, não sem jurar vingança das maiores, como retumbava pelo mato seus urros e uivos.

A VELHA ADORMECIDA NA PIRATININGA DAS MARAVILHAS

Galadriel retornou do bucho da planta vivinha da silva, mas descaída num sono profundo de velha adormecida, estratosférica. As gurias deitaram a avó numa cama macia de funcho que prosperava por ali bem perto. Gal ficou deitada nessa cama de perfume sofrendo tal penitência de encantamento do sono, dormindo sem acordar nunca, dias e dias seguidos. Ainda, para maior tristeza, o cãozinho Oswald havia sumido durante a última confusão, com destino incerto, ninguém sabia se a planta havia comido ou se ele estava perdido pelo mato.

Vez em quando a avó roncava, e as amigas respiravam tranquilas, aliviadas, sabendo que ela estava viva. Juntou bicho da floresta para ver a mulher na situação: bugios, sapos-cururus, celulares, saracuras, urubus, drones, macacos-pregos, tatus, onças, maritacas, sabiás, capivaras, paquímetros, tamanduás e outros bichos muito comovidos vieram velar o sono de Gal.

As meninas queimavam a pestana imaginando uma maneira de reverter o estado da mulher. Daí que um sapo-cururu informou que numa maloca na curva do rio estava de intercâmbio em

Piratininga um bruxo inglês, que atendia pelo nome de Harry, trocado com uma cuca, que sabia voar montado em bassoura e fazia umas astúcias com varinha de condão:

— Quem sabe ele poderia ajudar e, de vara em mágica, plim! Outra vez a velha Gal estará de pé, virada no crochê, cobrindo o mundo com capas e forrinhos — o cururu deu ideia.

A curva do rio nem era assim tão perto, ia demorar um bocado para chegar, daí que Manela pediu para umas aranhas tecerem uma coberta deixando-a protegida. Isso feito, partiram, mas reclamando muito de Piratininga, do Governo, do desemprego, da carestia e da situação delas, que só fazia cada vez mais piorar. Manela esmagrecendo, consumida de tristeza e preocupação pela avó. Salustiana estava com os bigodes cada vez maiores, que teve de ajeitar trançando-os em duas pontas longas que desciam pelos cantos da boca.

Caminharam, caminharam e chegaram na palhoça onde estava hospedado de intercâmbio o galego. Manela tascou um *good morning* na cara dele, mas já passava do meio da tarde. O inglês das gurias nem dava para nada, não, sequer para pedir um copo com água ou numa emergência saber onde ficava o banheiro da maloca. Fez um silêncio, para em seguida os três se entreolharem e caírem na gargalhada, sem saber o que dizer direito.

Muito educado, Harry chamou-as para entrar, pediu para tomarem assento nas poltronas lindas de cipó-titica. Assim falavam mais folgados, mas nem deu nada de comer nem de beber, não: nem café nem licor de jenipapo, biscoito de araruta, um docinho de cidra, nem nada, as gurias com fome e cansadas de caminhar sob sol quente. Por um buraco na taipa, observava o movimento a samambaia antropofágica, que não estava esquecida da tunda que levara e havia de mostrar para as molecas com quantos paus se faz uma canoa.

Apesar da dificuldade inicial com a língua, se viravam como podiam com mímicas e com uma ou outra palavrinha estrangeira que Salustiana salpicava aqui e acolá, lembrada de músicas, enquanto gesticulava e apontava os dedos para todos os lados.

Num jirau estava empoleirada uma maritaca verde bem bonita, com o verso das asas vermelho com penas brilhantes. Manela mimicou arregalando os olhos, perguntando onde é que fora parar a coruja, e o gringo respondeu de lá mimicando meio que soletrando com a boca aberta e aparvoado: su-cu-ri!

— Vixe! A sucuri pegou a coruja do rapaz, Salu!

— Tá vendo, é por essas e outras que o turismo não prospera em Piratininga!

— Espia, a maritaca está fazendo as vezes da coruja. Loro dá o pé... — fez Manela, estendendo o dedo indicador, mas a bicha nem era mansa, não.

— Sai daqui, matusquela! *I want jiló boss!* — a maritaca gritou, sem educaçona.

— Repara só, Manela, a maritaca falando inglês! — caíram na gargalhada.

As garotas notaram que o rapaz usava no pescoço um muiraquitã pendurado feito colar. As gurias nunca tinham visto tal afamada pedra de perto, só ouvido falar. O galego explicou que a Cuca, dona da casa, emprestara o muiraquitã por proteção do hóspede intercambiado, pois que ali em Piratininga ninguém era trouxa, e a fronteira entre magia e o mundo ordinário quase nem tinha, não, com muitos tipos diferentes de Hogwarts em cada esquina, perdendo somente em número para salão de beleza e *coiffeur*.

Harry viu as chinelas e achou interessante, pois percebeu que também eram objetos de poder. Então trocaram chinelas e muiraquitã para experimentar seus usos mágicos.

Nessas horas, Caetano se aproveitou da confraternização entre as nações e, deslizando o corpo para dentro da maloca, surpreendeu o bruxo pelas costas e, por detrás dele, traiçoeira, armou o bote erguendo o enorme cabeção.

As gurias tentaram avisar do perigo se debulhando em gestos, mímicas e grunhidos de *drungeus!* Apontando os dedos, embananadas de pavor. O gringo panguou, e a planta, célere — juque! Deglutiu sem agravo o rapaz com chinelas de rubi, varinha e tudo, pois aquele artefato mágico carecia de comando e punho firme para que funcionasse.

Ingerido o estrangeiro, partiu a planta para cima das amigas, contudo agia sobre Manela a proteção do muiraquitã, que é amuleto de efeito contínuo, e sobre Salu os benefícios do bigodão emplumado, dádiva do rio Tietê, e essas coisas causaram aversão na planta, que perdeu o apetite diante delas. Tapando o nariz com a ponta dos ramos, obtemperou:

— Eca! Vocês estão tão bruxadas que chega dar engulho!

Laçou as amigas pelos pés e prendeu as duas de ponta-cabeça no esteio do telhado rente dos picumãs, bem onde o pau passava por riba do fogão de lenha. Já havia outro tanto de linguiça pendurada ali sendo defumada nas brumas dos paus queimando.

— Vou deixar vocês aqui de charque, defumando! Daqui a sete sóis, quando a força que vos protege tiver amainado, volto! Será o fim de vocês, com uma pitada de sal, pimenta-dedo-de-moça e um espremido de limão por cima de tempero — a samambaia fez, e deixou as duas lá amarradas de ponta-cabeça, despenduradas feito duas linguiças caipiras.

As amigas ficaram desconsoladas pois foram atadas por nó terrível, e quanto mais remexiam, mais presas ficavam! Outro destino não havia senão esperar Caetano voltar para consumar sua vingança.

Daí pôs a cara fora do pote de barro, onde se escondera nas horas do furdunço, a maritaca. Veio vindo resmungando palavras que ninguém conseguia entender na língua dos passarim e com seu bico forte de alicate roeu as amarras que prendiam as meninas, libertando-as.

A maritaca pousou no ombro de Manela, esfregando a cabecinha em seu rosto, fazendo carinho e gemendo:

— Louro, louro, louro...

— A maritaca tá desconsolada porque o bruxo Harry virou bruxo à passarim nas garras da samambaia canibal — Salu compadeceu-se.

— Vamos ficar com ela! Se ela quiser vir, melhor dizendo... — Manela ponderou, pois a maritaca não tinha gênio de fazer o que não queria, não.

— Por mim, tudo bem, salvou a gente de virar linguiça! E é tão bonita!

— Obrigada, bestunta! — a maritaca agradeceu ternamente.

Manela e Salustiana também estavam tristes com a morte do bruxo, pois contavam com sua ajuda para acordar a velha Galadriel, mas ele tinha virado ração de samambaia tão ligeiro, nem havia dado tempo de nada, sequer de explicar o caso da velha adormecida. Manela conjeturou se não era o caso de a avó receber o beijo de um príncipe bem lindo, como sempre se via acontecendo nos livros e nas telas do cinema a vida inteira, desde os tempos da bisavó de Gal. Salu, que tinha ojeriza de principado, rezingou:

— Nem venha com essa, ocê conhece a minha antipatia! Se for o meu caso, me deixa dormindo pra todo o sempre, prefiro mais!

Sentindo o peso da pedra em seu pescoço, a netinha ideou de um estalo:

— Pode ser que o muiraquitã tire a vó do sono em que caiu!

— Isso sim orna bem melhor com Gal! — Salu bateu palmas de contentamento. — Se é mesmo tão mágica como dizem, essa pedra em jeito de bicho é bem capaz de portentos, não custa tentar — continuou ela, concluindo.

Se puseram a marchar de volta para onde estava a vovozinha adormecida em seu cochilo sem fim.

CARTA-POEMA ÀS GENTES LAMBIDAS E DEVORADAS DE PIRATININGA, COM INCENTIVO AO RENASCIMENTO

Só pelo meio do caminho lembraram que o tal bruxo tinha uma vassoura voadora. Mas já haviam andado a metade do trajeto com a maritaca de mascote obrando sobre seus ombros:

— Essa verdinha não tem nenhuma educação! O tempo inteiro do caminho fazendo cocô no meu ombro! — reclamou Salu, mais suja do que pau de galinheiro.

Vinha trazendo a ave. Apesar do convite ter sido feito por Manela, ela preferiu se empoleirar sobre seus ombros. Lá pelas tantas, o celular de Manela vibrou, dando aviso que chegara o e-mail com a resposta do poeta. Pararam sob a copa de uma pitomba pelo caminho, chupando fruta e cuspindo o caroço enquanto liam a resposta que veio em forma de verso livre:

Aula de etiqueta para um banquete antropófago

Com olhos de fascínio vejo esse mundo devorado
Alimento, mistura, farofa
Do qual envia notícias de escafandrista:
Fragmentos e coisas roídas
Talheres, pratos, amores.

Vamos encarar a verdade nua e crua:
Fora não colocar os cotovelos sobre a mesa,
As regras, quais são, ninguém sabe
Se é que existem, pois,
No mesmo instante em que se engole, se é devorado.

Acaso esteja dentro das quatro paredes do estômago
Engolida, saiba:
Não há só crimes e morte, pelas paredes contemple,
Está o abecedário inteiro.
Homero, Cervantes, Machado, Patativa...
Do bucho faça o ventre!
Doutra feita o Renascimento.

A boca enorme veio
Engoliu inesperada a casa da infância
Fusível, discos, receita de ambrosia,
Cartas de amor e segredos de família...
Olhe bem no fundo da goela que tritura,
Já não tenha medo.

Aguarde com o guardanapo sobre os joelhos.

Na cadeia alimentar antropófaga
Quem deglute
Inevitavelmente é deglutido.

— Uai, Manela, pelo que eu entendi, o poeta está sugerindo para a gente comer a samambaia?
— Vamos comer Caetano! — a menina fez com entusiasmo.

RESSURREIÇÃO DA VELHA GALADRIEL POR MEIO DO MUIRAQUITÃ

Quando chegaram lá, puxaram a coberta de teia de aranha, e a vovozinha estava dormindo do mesmo jeito, nem tinha trocado de lado na moita de funcho, não. Manela futucou buraco do seu ouvido com a ponta do dedo indicador, sentiu um quentinho, e suspirou aliviada porque a velha ainda estava viva.

Ela ia usar do muiraquitã para salvar a vovozinha, sua paixão, Gal. O muiraquitã é um artefato lendário dos povos indígenas, pedras esculpidas em jeito de animais; aquela em posse de Manela tinha as feições de um sapo e, apesar de ser muito pequetita, pesava por demais. A menina chegou ao destino com o pescoço doendo de carregá-la.

— O poder que deve de ser grande! — Salu presumiu.

A bicharada continuava lá, vigiando o sono da velha: ouriço-preto, cágado-amarelo, gato-maracajá, teiú, tatu-peludo, mico, perereca-verde, jacaré-de-papo-amarelo, sagui-da-serra, mutum, araçari-banana, gavião-de-penacho, tangará, cotovia não.

Manela foi pedindo licença entre eles e, de conformidade com a sua intuição, tirou a pedra amuleto do pescoço e achou que o melhor lugar para colocar seu geladinho era entre os olhos de Gal. Fez.

A mesma força antes no pescoço de Manela agora apertava entre os olhos da velha, e seus cabelos brancos foram se arrepiando e esclarecendo feito como levasse um choque, estando bem iluminada.

Fez um silêncio profundo e mágico, com todas as criaturas em suspense aguardando o que estava por vir. Então, Gal foi se soerguendo lenta, ainda muito desmerecida, daquele sono grande. Espreguiçou, esticando os braços e as pernas, soltando um longo bocejo ressuscitado, que todo mundo ficou com vontade de bocejar também e abrir a boca bem grande, enorme. Aquele ar novo que entrou a encheu de cor, e um dos bichos veio com cuité de guaraná para ela beber, ajudando no arribamento.

— Que foi? — a velha quis saber o motivo do ajuntamento, ainda tirando as remelas e dissipando a confusão do sono.

— Vozinha, a senhora esteve no bucho da planta, não se lembra? — Manela explicou.

— Como é que foi esse experimento? — Salu quis logo saber, pois estava morta de curiosidade, uma pessoa que, afinal, e a bem da verdade, fora vomitada, tinha muito o que contar.

— Lembro como foi! Parece que aconteceu há um minuto...

DESCENDO PELA TOCA DA CHINCHILA

{ c a p í t u l o   p a r a l e l o }

— Depois que escorreguei pela língua, assim como quem desliza por um tobogã — começou a contar Gal —, passou correndo por mim uma chinchila cinza-clara, do peito e da barriga branquinhos. Estava vestida de colete verde e rosa, as cores da Mangueira. Tinha pressa, dizendo a todo instante que estava atrasada, mas antes tarde do que nunca!

Fiquei curiosa de saber se a causa da afobação da chinchila era por conta dalgum ensaio de bateria e fui atrás para perguntar. Ela correu disparada e sal-ti-tan-te pela várzea do cerrado extenso, até sumir com o corpinho adiante, num mato denso e fechado de muitos bilhões de paus e mandacarus atômicos, que subiam morro acima até irem raleando outra feita no frio topo dos Andes. Corri atrás dela, chegando bem a tempo de ver seu macio e felpudo rabicó sumindo por uma toca, entre os contrafortes duma majestosa sumaúma de mil anos.

Ainda sem me dar conta se estava viva ou morta, entrei lá atrás da chinchila. Por dentro a toca era, a bem dizer, o mesmo que um túnel ou cano, melhor, o furo de uma cacimba. Depois de algum tempo, sentia como se estivesse realmente caindo em um poço. Mas não em velocidade normal, e sim devagar, devagarinho, com tempo de ver tudo com folga.

Olhei para as paredes e vi pendurados desses retratos de casa de vó com molduras redondas e vidros abaulados, estantes com livros, enciclopédias enfileiradas, um quadro de paisagem feita no ponto-cruz, galinha de arame para guardar ovos, caneca branca de ágata lascada, *gobelins*...

Olhei para baixo e além dos meus pés estava tão escuro, impossível de ver ou imaginar o que viria a seguir. Passei por um armário de treliça em que vi muitos tipos de doces guardados: goiabada cascão, doce de leite, laranja-da-terra, figo, cidra, mamão, pau de mamão, ambrosia, pé de moleque, abóbora, coco, amora, limão, jabuticaba, carambola, tamarindo, caju. Fiquei com lombriga, mas com vergonha de abrir, deixei passar.

De tanto cair no vazio já fui ficando entediada, até que passou um guarda-louça abastecido com vidros de licor. Concluí que não haveria mal em provar um gole e apanhei o de jenipapo, meu favorito, molhei a goela, uma altura dessas já bem seca.

Como a queda não terminava nunca, e a garrafa de licor já ia pra lá do meio, fiquei pensando em como estariam vocês, duas garotinhas, perdidas em uma selva e de como foi bom ser a vovozinha de Manela!

Se eu tivesse emprestado minhas samambaias, isso teria sido evitado, quem sabe... Ou isso de toda sorte fosse acontecer por outro meio... Inevitável. Lembrei de Pagu já deglutida, talvez tivesse a felicidade de encontrá-la aqui. Recordei de mim e Betânia e de como um dia já nos amamos.

Investiguei os motivos de nossa briga em busca de coisa de importância, não achei nada. Isso é algo que se aprende ficando velho, a passagem do tempo tira de muitas coisas sua gravidade, torna os motivos bobos.

A queda foi tão comprida, cheguei a tirar uma pestana, da qual acordei abruptamente com barulho da minha chegada estatelada no chão de tacos soltos. Levantei ligeira batendo as mãos pelo corpo e, incrivelmente, apesar da minha idade e osteoporose, não havia nada quebrado. A chinchila passou veloz pela minha frente, eu fui em seu encalço, mas a bicha, ligeira, enveredou por um salão enorme, cheio de portas, e não consegui prestar atenção por qual foi que ela entrou, isto é, imaginando que tenha feito isso. De algum lugar distante retumbava o estribilho do ensaio da bateria, e eu já nem tive dúvidas, me sentindo pisar o chão de esmeraldas do outro lado!

Verifiquei todas as portas, mas estavam trancadas, quase me veio uma sapituca, pensar que estava presa enquanto o ensaio comia solto do lado de fora! Era cada vez mais intenso o barulho do apito, e as batidas estralavam e reboavam pelas paredes.

Então, vi sobre uma mesinha deixada de canto uma chave pequetita de isopor e ouro. Chave muito pequena para as fechaduras das portas, concluí. Mas olhando melhor encontrei outra porta minúscula, escondida detrás de uma cortina, usei a chave dourada para abrir a portinha, e pelo portal espiei do outro lado o carnaval acenando com brilhos e lantejoulas, a Mangueira desfilando na avenida bem ali diante dos meus olhos, era divino, maravilhoso.

Desejei estar lá, mas quando muito pela porta passava minha cabeça, e se passasse fiquei com medo de ficar entalada ali. Desesperada, procurei pelo lugar uma saída, e sobre a mesma mesa onde estava a chave surgiu um par de sandálias de salto douradas, nelas estava amarrado um bilhetinho escrito: Sambe!

A vovozinha aqui, ao som da música que vinha de fora, sambou feito rainha de bateria, sentindo a força aumentar no repique, os pés virando para trás, e fui crescendo, crescendo, virando giganta Frederica, bem frederiquenta, da raça de Piaimã comedor de gente.

Dei um chute de fasto, com os pés ao contrário, que irrompeu as paredes todas feitas de papelão e isopor, para sair do outro lado em meio a uma nuvem de purpurina, na avenida, sambando desgovernada: era carnaval em Pindorama!

Em tamanho de carro alegórico, eu percorri a avenida de norte a sul enquanto alguém dizia ao fundo:

— Dez! Nota dez!

✳✳✳

— Dentro da planta tem um carnaval? — Salu estava surpresa.

— Da avenida acordei aqui... — disse Gal, saudosa.

— Você poderia estar sonhando, vó!

— Não sei, só sei que foi assim.

Salustiana teve vontade de ser comida e passar por essa experiência, porque gostava bem de carnaval e sair nos bloquinhos fantasiada. Mas teve medo, pois sabe-se lá que mistério era aquele, a vontade, assim como veio, passou.

Depois que contou esse astuciado, Gal, por mais que todos tentassem, ninguém conseguiu foi tirar o muiraquitã de entre os olhos dela, não. A pedra ficou lá colada, e tudo quanto a velha fazia a pedra mágica estava lá pregada na testa dela e não saía por nada.

— O que não tem remédio, remediado está! — conformou-se a velha em viver com a pedra colada na testa.

Daí que nesse momento a menina Manela lembrou-se de contar para a avó que recebera resposta do poeta e, pegando o telefone, leu para ela o poema. Gal coçou a cabeça e deixou o olhar solto pensando, pensando em tudo aquilo. A velha teve um repente, assim uma inspiração, e subindo nas tamancas fez bem assim, soltando animação pelas orelhas:

— Faremos um carnaval bem lindo, e em plena festa, em meio à distração, a gente mostra para a samambaia o experimento que o poeta sugeriu.

✳✳✳

A providência inicial foi fundar uma escola de samba. A maritaca foi a primeira a se agremiar e abriu a reunião falando um palavrão tão enorme que foi preciso abrir a roda para caber o acinte. A velha olhou bem a maritaca e soube que era parte da Betânia sovertida em um bando de maritacas. Nem ligou para aquela palavra e até inclusive incumbiu a maritaca mais o sabiá de comporem um samba-enredo bem bom.

Foram surgindo outros animais pedindo para entrar na escola: beija-flor, jacaré, onça, gavião, saúva, veado, papagaio, tamanduá, jiboia, urubu, preguiça, tatu, carcará, essa bicharada toda veio se agremiar na escola de samba, e até apareceu o cachorro Oswald, que se enamorou duma capivara pelos matos e voltou cheio de capichorrinhos mui lindinhos.

Quando foi o primeiro ensaio de bateria da escola, botaram cara fora dos matos outros moradores de Piratininga, que estavam escondidos até então, como o seu Gerson, que fora dono de açougue, mas agora vivia de colher coquinho de macaúba por motivo de ter se tornado vegano inclusive.

Apareceu a dona Carla, que era costureira e continuava sendo e solicitou para ficar responsável pela ala das baianas, dizendo que pretendia confeccionar os vestidos com folha de buriti. Foram brotando mais cidadãos atraídos pelo carnaval, inclusive o diretor da Escola Presidente Vaaargas, Tom Zé, atendendo ao chamado do ziriguidum e do repique dos instrumentos, se matriculou na escola de Gal e se ofereceu para criar fantasias, até carros alegóricos.

Foi um ajuntamento de gente e fauna, cada qual contribuindo com o seu trabalho. A escola de samba estava indo de vento em popa, ficando bonita resplandecendo na purpurina. Mas faltava um nome, coisa de muita importância! A maritaca quis saber qual era, uma vez que essa informação poderia influenciar na composição do samba-enredo. Gal ainda não havia pensado sobre isso, mas olhando para a palmeira inajá que lhes dera abrigo e ainda servia como referência na lapa, batizou:

— Unidos da Inajá Furada de Piratininga!

Teve os que gostaram, os que não gostaram, mas por fim ficou esse nome mesmo por motivo de que a velha Gal quis e pronto: Grêmio Recreativo Escola de Samba Unidos da Inajá Furada.

Dali para adiante, foi questão de organizar o desfile, cuja apoteose ia se dar bem na porta do que um dia fora a Escola Presidente Vaaargas e agora era o talo robusto de Caetano Canibal, imperador de Piratininga. A notícia bombástica do anárquico desfile correu pelas sapopembas e desfolhou em confetes as copas das sibipirunas, até cair nos ouvidos da planta central a novidade. Do alto de seu tamanho de monstro, a samambaia fez o maior pouco-caso, e dando um tapa estalado na pança inchada, fez:

— Que venha o carnivale, estou no aguardo!

APOTEOSE, O DIA DA ALEGRIA

O Grêmio Recreativo Escola de Samba Unidos da Inajá Furada vinha sambando pela cidade-selva de Piratininga.

Gal entoava "Atrás do trio elétrico",[12] montada num carro alegórico abre-alas, assim de destaque e honra, fantasiada de presidente com tapa-olho, perna de pau e a maritaca empoleirada no ombro soltando palavrão e serpentina de cipó.

O carro era na verdade uma piroga que vinha singrando as matas, com o bloco atrás cantando que queria comer sardinha, com o som da bateria ecoando pela floresta afora, com a passarada por riba solta no céu em algazarra.

No chão, junto dos outros foliões, vinham Manela e Salustiana de passistas, acompanhando o repique da bateria em sincronia enquanto perguntavam:

— *Há na avenida alguém mais feliz que eu?*[13]

Caetano, por sua vez, aguardava a marcha tramando emboscada, reunindo o maior número de boquinhas e bocões famintos, a sanha e o apetite atiçados pela reboada dos tambores.

A samambaia lambendo a ponta dos dentes e os beiços ameaçando, a piroga nem te ligo, é carnaval, navegando festeira, avançando na direção dela destemida. Mas a bem dizer a piroga era um trio elétrico, atrás do qual os foliões vinham pulando igual pipoca, dançando e jogando confete de folha miúda de pau-brasil e pétala de manacá e begônia secas, enquanto cantavam:

— *Só não vai quem já morreu...*

Daí que pelas madrugadas apareceu um enorme galo de papel crepom e prata, prata de muitas latinhas de alumínio que os foliões doaram para feitura do monumento.

Atraídos pelo galo, mais e mais foliões foram se chegando, um milhão vezes um milhão, de modo que quando esse povo todo chegou até onde já esteve a Escola Presidente Vaaargas, a velha Gal, no topo do trio elétrico, deu anúncio:

— Quem desse um milhão vez um milhão for vegetariano, inté vegano, a Escola Presidente Vaaargas está servindo salada grátis. E quem não for vegetariano e estiver com fome, sirva-se também! E quem gosta de comida crua, esteja à vontade. E quem está de dieta, e quem gosta de comer saudável, e quem gosta de fartura, quem gosta de banquete, rega-bofe, chega lá também! Se sobrar é porque não estava bom! — Galadriel fez o convite, apoteótica.

A samambaia canibal, surpreendida pela multidão, um milhão de mãos simultâneas, nem teve como reagir, não. O povo veio sambando e servindo, arrancando as folhas, comendo, devorando, cantando de boca cheia:

— Deglutir, mastigar!

As cabeças fatiadas bem fininhas, viradas em carpaccio de abobrinha, e os talos em conserva tal e qual aspargos, e outras partes mais robustas raladas feito cenoura para fazer o sanduíche sobrenatural.

Havia partes da planta que eram doces, outras eram ardidas, mais outras faziam adormecer a língua, mas todas, sem dúvidas, eram mui gostosas, e feito um ataque de gafanhotos comeram a canibal até que sobraram somente os talos roídos.

Caetano num zás foi desbastada! Num átimo, foi de monstro imperador da floresta tropical a salada durante a hora do almoço, num dia de carnaval.

A raiz, contudo, ficou lá cravada no chão de Piratininga de Pindorama, pátria de Piaimãs e Abaporus, criaturas que sabem lamber a língua.

Assim não termina, continuamos caminhando e cantando e comendo!

NOTAS

[1] Ato III da ópera "A Valquíria". Richard Wagner, 1856.

[2] Arte de vestir de Hélio Oiticica.

[3] Esculturas de Hélio Oiticica: receptáculos guardando elementos com os quais o visitante da exposição de arte poderia interagir.

[4] "Quem é?". Carmen Miranda. Composição: Custódio Mesquita e Joracy Camargo, 1937.

[5] "Disseram que eu voltei americanizada". Carmen Miranda. Composição: Vicente Paiva, 1940.

[6] "La Traviata". Giuseppe Verdi. Libreto: Francesco Maria Piave, 1853.

[7] "Tarpurikusun sarata". Luzmila Carpio, 1979.

[8] "Gaúcho" ou "O Corta-Jaca". Chiquinha Gonzaga, 1895.

[9] "Sowing the Seeds of Love". Tears for fears. Composição: Roland Orzabal e Curt Smith, 1989.

[10] "Xibom Bombom". As meninas. Composição: Manolo Dias, Rogério Gaspar e W. Rangel, 1999.

[11] Obra de Hélio Oiticica.

[12] "Atrás do trio elétrico". Caetano Veloso, 1969.

[13] "É hoje". Max Lopes, Didi, Mestrinho. Samba-enredo da União da Ilha do Governador no desfile das escolas de samba do Rio de Janeiro de 1982.

SOBRE O LIVRO E O AUTOR

Meu Nome é **Tiago de Melo Andrade,** nascido em 1977 no interior de São Paulo, criado no interior das Gerais, onde permaneço. Fui ter minha primeira planta carnívora lá pelos dez anos de idade, presente da Geraldinha, minha mãe. Desastrado, não sei se a matei envenenada ou de indigestão ao lhe dar um besouro roxo para comer. Além de cultivar plantas esquisitas nas janelas, escrevo livros há vinte anos e já publiquei perto de cinquenta deles. Vários receberam distinções importantes, como o prêmio Jabuti, o selo Altamente Recomendável da Fundação Nacional do Livro Infantil e Juvenil (FNLIJ) e o selo Distinção Cátedra Unesco.

Samambaia canibal escrevi no gás das discussões geradas pelos cem anos da Semana de Arte Moderna e seus desdobramentos, com especial ênfase à Antropofagia Oswaldiana, que nos coloca na adorável posição de devoradores de culturas. É a força antropofágica que torna possível o livro reunir, misturar e fundir referências tão distintas do pop, das artes plásticas, da música, intertextuais... O resultado é essa história mosaico com sotaque familiar aos nossos ouvidos, memória e afetos.

Bom apetite!

SOBRE A ILUSTRADORA

Sou designer, ilustradora autônoma preta, capixaba nascida em 1999 e me chamo **Amanda Lobos**.

Estudo Design na Universidade Federal do Espírito Santo e, desde 2016, trabalho com ilustração, fazendo desenhos manuais e digitais que eventualmente se mesclam aos meus projetos como designer.

Em minhas criações uso cores fortes e ricas, buscando tecer uma estética fantasiosa que traduza a minha vivência preta, LGBTQIA+ e brasileira de um jeito não convencional.

Já colaborei com diferentes projetos de importantes empresas, tanto nacionais quanto estrangeiras, e recebi diversas premiações, como Design By Women "Ones to Watch 2021", Artista Adobe CoCreate MAX, em 2020, e Brasil Design Award 2021.

Para saber mais, acesse: maisdeumlobo.com | @maisdeumlobo

 A marca FSC® é a garantia de que a madeira utilizada na fabricação do papel deste livro provém de florestas que foram gerenciadas de maneira ambientalmente correta, socialmente justa e economicamente viável, além de outras fontes de origem controlada.

Esta obra foi composta em Platin, Trasandina e Bakso Sapi e impressa pela Gráfica Bartira em ofsete sobre papel Alta Alvura da Suzano S.A. para a Editora Schwarcz em novembro de 2022